新潮文庫

真理先生

武者小路実篤著

真理先生

一

之《これ》も山谷五兵衛《ごへえ》の話。

僕は最近真理先生を知った。真理先生という人がいることは僕は友達から随分前から知らされていた。しかし僕は食わず嫌いで、逢《あ》いたいとは思わなかった。どうも虫が好かなかった。誇大妄想狂のように思われたし、偽善者のようにも思われたし、道学者の出来損《そこな》いのようにも思われた。いつも真理真理と言って真理を知っているのは自分だけだという顔をしているように思われた。

ところがあって見ると、極く真面目《まじめ》な男にはちがいないが、噂《うわさ》に聞いて想像したのとはまるで違って、真剣な処《ところ》のある男だ。僕のことだから相手がどの位、学問があるかないかは知らないが、ともかく僕の逢《あ》った多くの優《すぐ》れた人間のうちでも、一番精神力の強い男だということは一目でわかった。之では多くの人に尊敬されるのも当然と思った。身体《からだ》は大きくない。体力は強いとは言えない。しかしへんに精神力を感じさせる顔だ。齢《とし》は六十を越しているだろう。僕は日本に人がいないとよく人から聞かされもし、自分でも言っているが、もしかしたら、真理先生は、大物ではないかと思う。もしかしたらである。僕にはまだはっきりしたことは言えないのだ。

　この真理先生は独身で、生活の方のことは全部弟子が世話をしている。男の弟子や女の弟子が入れ変り世話をしている。午前は先生から呼ばれた人だけが逢いにゆく。その他の人には逢わないことに大体きめられている。午後になると、いろいろの人が訪ねてゆく。そして先生にいろいろ質問をする。その質問に対して、傍で見ていても気持のいいようにぴたりぴたりと返事してゆく。先生自身は何にもかかない。しかし先生の語った言葉は弟子達が書いているらしいが、まだ一つも本にはなっていない。

その答えぶりを一つ紹介して見よう。

「人を殺すことはどんな時でもよくないのですか」

「あなたが殺されていい時がありますか。あなたが殺されていい条件があれば、それを聞かして下さい。あなたがどんな時でも殺されるのがいやなら、少なくもあなたは人殺しをしてはいけない」

「私を殺しに来た人はどうですか」

「その時にならないとわかりませんが、人を殺すものは自分が殺されてもいいということを証明している人間ですから、その時なら殺してもいいでしょう。しかし恐らく、人殺しするものは、もっと簡単な動機で無考えに人を殺すのでしょう。つまり反省する力がないのです。教育されてない野蛮人なのです。だから教えることが必要になるのです。他人を殺すものは自分を殺す権利を他人の手に与える者だ。自分が殺されたくないものは他人を殺してはならない。自分が殺されたい人だけが、他人を殺していい人だ。しかしそんな人は他人を殺すような面倒をするよりは、先ず自己が殺されるがいい」

そういう時、彼の心から火花が出るように感じられ、傍で聞いていてぴりっとする。彼は決してむずかしいことは言わない。しかし僕には反対出来ないことを言う。或《あ》る人が「先生の考えは実に平凡だ」と言った。すると真理先生はすまして言った。「ありがとう」その一言も聞いた時、ぴりっと胸に来た。

「僕はあたりまえのことをきり言いたくない。今の人はあたりまえのことを知らなすぎる。何でも一つひねくらないと承知しない。糸巻から糸を出すように喋《しゃべ》るのでは我慢が出来ない。わざと糸をこんがらかして、その糸をほどく競争をしているようなものだ。あたりまえでないことを尤《もっと》もらしく言うと、わけがわからないので感心する。こういう人間が今は多すぎる。僕はそんな面倒なことをする興味は持っていない」

二

僕は或る時天皇に就《つい》てどうお考えになりますと聞いたら、

「愛している。おしたい申している。之は母の血だ。理窟《りくつ》ではない」

と言った。又或る時こう言った。

「日本全体の為《ため》、先きの先きまで考えることの出来ない人が多すぎる。あとは野となれ山となれという人が多い。碁打《ごうち》で言うと、一手先か二手先きりわからないで、偉そうな顔をしてものを言う無責任者には時々腹が立つよ。日本人はもっと頭の根気をよくしなければならない。一を知って二を知らない人間が、尤もらしい顔して大いに喋る。それが民主的だと思っている人が多い。もっと自分の言行には徹底した責任が持てるよう、よく考えぬく習慣が必要だ」

或る時、僕はこう言った。

「あなたは真理を愛するとおっしゃっているそうですが、真理ってそんなにたよりになるものですか」

「真理以外にたよりになるものがありますか」僕はそう怒鳴りつけられた。

「真理以外にたよりになるものはない。人間は皆死ぬものだ。暴力は誰でも殺し得るものだ。だが真理は殺されない。最後の勝利は真理が得る。キリストは神の子だから僕は尊敬するのではない。又キリストが十字架を荷《にな》ったから尊敬するのではない。真理以外のことを言わなかったから尊敬するのだ。真理だけが死なない。又僕は心から頭をさげるのは真理だけだ」

「愛とか美とかはどうなのです」

「愛と美も真理に背《そむ》かない時、限りなく美しい。真理にそむけば、その愛と美を僕は讃美出来ない。しかし愛と美に真理以上のものがあることを僕は認める。それ以上、愛と美を真心を持って愛することが、真理だと言える。真理は、人類全体が天国に入れる道を示すものに他ならないのです」

僕には真理先生の言うことが何処《どこ》まで本当か知らないが、反対する気がせず、聞いていると、何となく明るい気になるのだ。

僕は或る時真理先生に、馬鹿《ばか》一の話をした。すると真理先生は、大いに興味を持って是非見に行きたいと言うのだ。それで僕は大いに興味を持って真理先生を馬鹿一の処につれていった。

三

馬鹿一に真理先生が君の画《え》を見たいと言うので、つれて来たと言ったら大喜びで画を出して見せた。真理先生も始めはあまりに幼稚な画で驚いたらしいが、熱心に見た。長い沈黙のあとで、

「感心しました」と言った。馬鹿一はそれまで黙って神妙にしていたが、そう言われると飛び上るように喜んで言った。

「本当ですか」

「本当です。僕には画のことはわかりませんが、僕は今迄《まで》にこんなに誠実無比な画を見たことはありません。実によく見てかいてある。しかも実に愛してかいてある。それ以上実に尊敬してかいてある。誰もこういう雑草や石をこんなに愛することは出来ないでしょう」

するると馬鹿一は、

「ありがとう。ありがとう」と言って泣き出した。そして今迄かいた何百枚という、石や雑草をかいた画を持ち出して来た。之にはさすがの真理先生も閉口したことと思った。

「よくもかいたものですね」

真理先生は微笑をうかべてそれを丁寧に見出したが、三四十枚見たらさすがに参ったらしく、

「もう見るのがくたびれました。今度又ゆっくり見せて戴きましょう。人が来て待っていますから、今日は之で失礼します。だが実に感心しました。今の日本にあなたのような人がいると思うと、嬉《うれ》しくなります」

真理先生はそう言った。帰りに真理先生は言った。

「驚いたね。聞きしに優《まさ》るという言葉が自《おの》ずと浮んで来る。日本も小さい国だが、知れば知る程面白い人がいるね」

「先生は本当に馬鹿一の画に感心なさったのですか」

「感心しました。僕は画のことはわかりませんが、あの本気さと、石や草を神のつくったもののように尊敬してかいているのに感心しました。あの画なら僕の室にもかけておきたいと思いました。それにあの真剣さと、勉強はどうです。それに実に正直によく見ています。感心しない訳にはゆきません。たしかに少し変な処がありますが、僕は喜んであの男には頭を下げますよ」

「一つ画をもらって上げましょうか」

さすがの真理先生もすぐくれとは言わなかった。

「くれと言ったら、どしどしくれそうですね。一つか二つなら喜んでもらいますが、それ以上は僕はほしくないのです。僕はあの世界に自分が入り込もうと思いませんからね。それに粗末にしてはわるいから」

「本当にうっかりほめたら、後が大変です。どんどんくれますよ」二人は笑った。

「だが日本にも中々いい人がいることを、おかげで知った。嬉しく思いましたよ」

四

僕は真理先生が好きになった。それで午後にちょくちょく出かけた。行けば何か教わることがあるように思った。又彼の処に出入りする人間は、実に善良な人許《ばか》りで、誰にも好意が持てた。勿論《もちろん》この世ではあまり成功しそうもない人が多かった。或る日真理先生に或る人が聞いた。

「朝《あした》に道を聞いて夕べに死すとも可なりという言葉がありますが、先生はいつ死んでもいいとお思いですか」

「滅相もない。僕は道を行《おこな》っているものではない。僕は死ぬのは怖《こわ》いですよ。少なくも死ぬのはまだ嫌いです。だから僕はどんな理由があっても人を殺すことには賛成出来ないし、人殺しの話は実に嫌いです。僕が耶蘇《ヤソ》や、釈迦《しやか》を限りなく愛するのも、手が少しも赤くないからです。孔子の手には一滴位赤い血がついている。私は孔子は自己完成に就ては人類第一の先生と思って実に尊敬していますが、その点で耶蘇や釈迦の方になお神聖さを感じます。僕は又人殺しは実に嫌いです。殺された人間は気の毒すぎます。僕自身人殺しになるより、人に殺される方を選びたいと思っているのですが、殺されるのは実に嫌いです。僕はどうしても死なければならない時は、あきらめて見せるつもりです、あてにはなりませんが。随分臆病《おくびよう》な人でも立派に死んでゆくのですから、僕も立派に死んで見せたいと思っています。しかし出来たら生きられるだけ生きて、益々《ますます》真理を知りたい。益々賢くなりたいと思います。だから僕は自殺者には賛成出来ないのです。自分を賢くすることに不熱心なことは賞《ほ》めるわけにはゆきませんからね」

「なぜ人間は死ぬのです」

「なぜ人間は生まれなければならないのか、僕にはわかりません。この地上に人間が生まれた事実は認めないわけにはゆかない。奇蹟《きせき》を信じない限り人間は生まれるべくして生まれた者だということはわかっています。しかし人間が生まれたらどうなるのですか。僕にはわからない。しかし僕には人類が完成に向って進んでいること、いつか人間はすべて人間として生きなければおさまりのつかないことを信じています。其《そ》処《こ》に人類の意志がある。そして人類の完成の為には、一人の人間がいつまでも生きているよりは、いろいろの人が死んだり、生まれたりする方がいい。自分が地上でなすべきことをした人は、もう休息していいことになる。休息が死です。だからこの世で生きられるだけ生き、するだけのことをした人は安心して死ねるのが自然だと思う。多くの人はこの世でしなければならないことをしないうちに死ぬ。だから死を割り切れないものに感じるのです。するだけのことをしたものにとって死は完成です。僕はこういう死を願って、働いているわけです」

「他人の為に犠牲になることはいいことですか」

「犠牲を僕は奨励したくない。しかし自己を犠牲にすることで、人類の完成になお役立てば、その自己犠牲は輝くものになるはずです。他人を犠牲にすることは、それに反して実にいやな話です。僕はそういう話を聞くと、憤《いきどお》りを感じないわけにはゆかない。それがゴマメの歯ぎしりにすぎないでしょうが、腹が立ちます」

「戦争はなぜやまないのです」

「人間の内に野蛮さがまだぬけ切らないからです。人肉を食うということは野蛮であることは誰もわかっています。しかし人を殺すことの野蛮さはまだ誰も本当には知っ

ていないのです。ごく少数の例外の人をのぞいては、戦争の種を自分の内に持ってい
るのです。憎悪《ぞうお》の念を内に燃やす者は、その種を内に持っているものです」
「敵を愛せよという言葉は真理ですか」
「真理です。敵も人間です。人間を愛することが真理です。この真理を知らないもの
は、戦争の種を自分の内に持っているものです」
「戦わないと殺されるという場合はどうすればいいのです」
「僕もそれには答えられない。殺されなさいとは言えない。困ったものです。一番困
った問題で、戦争が地上からなくならない一番厄介な原因は其処にあるのかも知れま
せん。自分が死なないときまれば戦争に参加するものは、ずっとへるのは事実と思い
ます。人間は殺され得るものだという事実は、一番厄介な事実です。僕はそれに就て
何にも言う資格のないものです。だから僕は真理に遠い人間なのです。しかしだから
益々真理に憧《あこ》がれ、真理に益々頭をさげるのです。いつかは真理の為に死ねる人間に
なりたいとは思っています。しかしなれるとも思っていませんが」

五

或《あ》る日僕が真理先生を訪ねると、四十位の女の人が来ていて、硯《すずり》の墨をすっていた。

この人が例の人なのだなと僕はすぐ気がついた。

それは真理先生の後援会の世話役をしている女の人で、先生の身の廻りの世話を全部している後家さんである。先生と二人の間がどの位深いかは誰も気にしていないが、肉の関係がないと思っている人もないようだが、あると言う人はなおないのである。そんなことはどうでもいいと皆思っている。なぜかと言えば先生はもういい齢《とし》している、誰も先生を恋する人もないし、女の人も少しも目につくような処《ところ》のない、人々に嫉妬《しっと》を感じさせるような人ではないからである。この女は先生の近所に住んでいて、暇があれば先生の処に来て、いろいろの世話をやっているのだ。僕はいつも不思議にかけちがって、この日始めて逢ったのだが、噂《うわさ》は前から聞いていた。

「何んて書こうかね」

先生は筆をとって紙の前に字をかく姿勢をとってこう言った。

「何んでも結構です」

「何んでも結構が一番困るのだよ」

「それなら、日々是《これ》好日でもよろしいわ」

すると真理先生、何にも言わずに、いきなり「日々是好日」とかいた。

精神をこめ、力を入れて書いているので見ている方が苦しくなる程だが、出来た字は力はこもっているが、何処か春の日のような温かさがある。一寸《ちょっと》ほしくなる字である。

「今度はしっかりしろと書いて下さい」

「しっかりしろと俺が怒られているようだな」先生は楽しそうにそう言った。

「先生が叱《しか》られているのではないのですよ、私が先生に叱られているのですよ。この字を見れば、少しはしっかりする気になれると思いますから」

「俺はどうもしっかりしろなぞと言う柄ではないよ。呑気《のんき》にしろ位が、俺には丁度いい」

「それならしっかりしろのあとで、のん気にしろもかいて下さい」

「中々欲が深いね」

「今日はその三つで許して上げますわ」

「僕にも一つかいて下さい」

先生は黙って怒ったような顔して、

「しっかりしろ」と書いた。之は厳粛な処といく分劇《はげ》しい感じが出ていた。

「ありがとう」女は喜んだ。それから先生は、

「のんきにしろ」と落ちついていく分笑い顔して書いた。

それも中々よかった。僕は黙っていた。すると先生は、「もう一息という字でよければかきます」と言った。

僕は喜んで、「それで結構です」と言った。先生は「もう一息」とつづけて書いて、誠と署名して静かに筆を置いた。真理先生の本名は村野誠というのだ。先生は自分の書いた字を見て、

「やはり人間が駄目だと字も駄目だ」と言って、「早くかたづけなさい」と言った。女はあわててその字をしまった。僕も真似《まね》してあわてて自分がもらったのをしまった。

先生は便所に立った。

「お礼はどうしたらいいのですか」と僕は聞いた。

「そんなものはいいのです。先生にそんなことをおっしゃったら怒られます」と言った。

「先生はなんで生活していらっしゃるのですか」

自分は弟子達が先生の世話をしていることは知っていたが、先生だって金はいるだろう、後援会にいくらか金を寄附したいと思ってわざと聞いた。

「先生は、今の世に金なしで生活しているのは自分だけだと言って、それを自慢にし

ていらっしゃるのです」

「それでも後援会には金がいるのでしょ」

「それはいるのですが、今の処、金は十分あるのです」

其処に先生が帰って来た。それでその話は中絶した。

「白隠《はくいん》がいたら、僕もしっかりしろという字を書いてもらっていいと思ったよ。しっかりしろという字がかけるのは、まあ白隠だろうね。僕はある時、白隠の一鏃《いちぞく》破三関《さんかんをやぶる》という字を見たが、実に力強い字で、三関を破る力があると思ったね。一遍で難関をつきぬけて進んでゆく、その意力が感じられたね。あんな露骨な字は他の人にはかけないと思ったよ」

その時、美しい少女が来て、

「お母さんお客さん」

「それでは失礼します」女の人は帰った。

「あの子は画《え》をやりたがっているのだ。しかし僕はそれよりあの子の顔を、あの石かきさんにかかして見たいと思っているのだ」

石かきさんというのは言う迄《まで》もなく馬鹿一のことにちがいない。馬鹿一が女をかければどんな画が出来るか。先生も存外人がわるいと思った。

「かけるでしょうか」

「面白いものが出来ると思うね」

「でもあの人のモデルになるのは大変ですよ」

「そうだろうね。だが一寸かかして見たい」

六

真理先生の生活は知れば知る程、今時には珍らしい生活方法だ。彼は一文も金は持たない、又自分でも金もうけをしようとは思わない。あの女の人、中沢昭子が万事引受けているので、その必要はないわけだが、それにしても一文の金も持たない強情さは人並でない。電車にも、汽車にも殆《ほとん》ど乗らない。自分の家から歩いてゆける処以外は滅多に出かけない。尤《もっと》も一年に一度か二度位は、弟子にさそわれて海岸や山へ行くこともあるが、さそわれなければ出かけたことはない。金のかかる生活はしないでも彼は生きてゆけると思っている。実際はそうではないが、彼は金のことは知ろうとしないのだ。彼はただ自分の言いたいことを言っていればいいと思っている。その他は全部弟子達に任せているのだ。

だから金の好きなものは彼には近づかない、精神的要求のない人は彼と交際しても何の得る処はない。しかし多くの人が彼の処を訪ねるのは、彼と逢って話をしていると、いつのまにか心が落ちつき、明るい気持になり、心の内のわだかまりがなくなるからだ。彼は正直である。嘘《うそ》をつく必要はないのだ。又他人に媚《こ》びる必要はないのだ。彼は彼でありさえすれば、他の人は喜ぶのだ。又そういう人でないと彼の処に近づかない。彼はそれを仕合せだと思っている。彼の弟子が僕の処に来た。そして二人で彼のことを話したことがある。彼の魅力は何処《どこ》にあるということが話題に登った。

「先生と一緒にいると自分の心が不思議に透明になり、心にかかるものがなくなります。大きな心に抱かれた気になり、生きているのが嬉《うれ》しくなるから不思議です」とその弟子は言った。

「つまり先生は私心がない、私欲がない、こだわりがない。明鏡止水という言葉がありますが、先生の心はいつも明鏡止水だと思います」

「本当にそういう処がありますね」と僕も同感した。

つまり少しも他人に買いかぶられようという気がない。そして接するものに温かい好意を持って接するので、相手も安心して、自分の心を彼の心と一致させる。その二つの心の間に少しのわだかまりもない。僕なぞいろいろ欲望を持っていても、真理先生に対してはその欲望の対象になるものは何にもない。先生の方でも何にも求めない。

求めない心同士がいつのまにか打ち溶けてしまう。先生は利口なのか馬鹿《ばか》なのかわからなくなる。ただいい気持で自分の心が自由になったように思う。世間のことはつい忘れてしまう、純な心にふれて、自分の心も自《おの》ずと純になる、それが知らないうちに心の洗濯になる。求めるものがないのだから、つい落ちついてしまう、無心の状態になる。其処が言うに言われない魅力になるらしい。二人はその点に就《つい》ては同意見だった。

七

しかし僕が真理先生が好きになったのはそれだけではない。もっと説明の出来ない魅力が先生の生活にあった。それは先生の言葉、人間的魅力にあると言っていい。身体《からだ》の小さい、見た処何処といって美しくない先生が、僕をひきつけて離さないものがあった。胸がすくと言うか、自分の心を解放してくれると言うか、ともかくむすばれた糸がするすると解けるように、先生と話していると心のどかになった。大事件だと思ったことも、先生の処にゆくと何んでもない事件になってしまう。問題にする程《ほど》のことではないような気になるのだ。

或る時僕は先生に言った。

「先生は金がお嫌いなのですか」

「好きだよ。少なくも好きだった。何んでも買いたいものが買えるから。僕が大好きな人がかいた書でも画でも金さえあれば買えるからね。だが僕は金をとることが下手なのだ。金をほしがると必ず失敗する。金で得られる喜びより金をとる不快の方が僕には大きかった。それでも四十位までは、金をとる為《ため》に随分いやな思いもした。だが四十位の時から段々金がなくとも生活が出来るようになった。住いもただ、着物も誰かくれる、食物も運んでくれる。ほしいものがあれば帳面にかいておけば誰かが持って来てくれる。後援会の人々がやってくれてることはわかっているが、誰がやっているか、後援会に金があるのかないのか、此頃《このごろ》は僕は何にも知らない。知らしてくれるなと言ったことがあるが、その後何にも知らない。こんな贅沢《ぜいたく》な話はないとも思うが、僕は金の為に働かない人間も一人はあっていいと思っている。しかしいつ迄この生活がつづくか僕は知らない。後援会がつぶれたら、乞食《こじき》の生活でも始めればいいと思っている。どんな生活をしても心だけ美しくしていれば何とかなってゆくと思う、渡る世間に鬼はいないというのは本当だよ。たまに鬼がいても優しい心の人の方がずっと多い、親切な心を自分の方から拒絶しない限り、人間は何とか生きてゆくものと思っている。外国のことは知らないが、日本では今でも、心の友達を沢山持っていれば餓《う》え死にはしないと思っている。僕は自分を心の美しい人間とも思っていないが、人をすぐ愛してしまう人間だから、人からもつい愛されてしまう。仕合せ者だと思っている」

「ずっと独身でいらっしたのですか」

「そうじゃない。三十五まで妻があったのです。妻は僕に愛想をつかして、逃げてしまったのです」

「なぜ愛想をつかされたのです」

「つい自分の家のことより他のことを考えてしまうのですね。つい妻のことを忘れてしまうのですね、夫の夜の務めをつい他のことを考えすぎて忘れてしまう。まあ、そんなわけです。委《くわ》しい話はしても面白くありませんよ。要するに僕に夫の資格が足りなかったし、妻は人生に快楽を求めすぎたと言ってもいいかも知れません」

「その方は生きていられるのですか」

「生きています、仕合せにしているようです」

「あなたも仕合せのようですね」

「仕合せすぎます。毎日ありがたいと思ってくらしています。皆に心から愛され、皆の心と僕の心は自由に、少しのこだわりなくゆきき出来るのですから、こんなありがたいことはありません」

「あなたのお弟子さんはいい方ばかりですね」

「涙ぐみたい程いい人許《ばか》りです。又いい人でなければ僕の処《ところ》には来ても何にもなりませんからね。僕は実際仕合せなくじを引きました」

真理先生はしんみりとそう言った。その時三四人のお客が来た。皆顔なじみの連中だった。

話は急に賑《にぎや》かになった。皆勝手な話をしている、誰も自分の心をかくす必要はない、皆元気で、嬉しそうだ。先生はにこにこ皆の話を聞いている。

この世の中で、ここだけ味わえる特別な楽しい空気がある、僕はそれを感じた。僕が時々ここに来たくなるのもここの空気のせいだと思った。物質的には何の御利益《りやく》もない、病気もなおるわけでもない、未来に幸福の約束があるわけでもない、しかしここに一つの新しい宗教が起りつつあり、この粗末な家が新しい寺院にならないとは言えないと、僕は私《ひそ》かに思った。彼も言った。

「歯医者には歯の悪い人が集まり、目医者には目の悪い人が集まる。物質的に得をしたい人は得が出来る処に集まる。私の処にくる人は私と話すことで心が嬉しくなる人だけが集まる。その他の人にとっては私は零《ゼロ》のような人間だ。だから私はいつも楽しくいい気持で話が出来る。もっと本当のことを言えば、黙っていても私のわきにいれば嬉しくなる人だけが集まる。物質的には損しても私の心に触れると嬉しくなる人だけが集まる。私と心の喜びを共に出来るものだけが集まる。その他の人は私に用がある訳はない。このことを私は実に仕合せに思っている。私の心が自ずと喜べる心の持主が如何《いか》にこの世には多いか、私はそれを目《ま》の当り知っている。実にありがたいことに思っている」

それは確かに彼の本心と思われる。僕も彼のわきにいると何となく嬉しいのである。僕は彼のことを出来るだけ調べて見る気になった。

八

先生の一番旧《ふる》い弟子の一人に先生のことを聞いたことがある。

「いつ君は先生を知ったのだ」

「先生が古本屋をやっていた時だ」

「先生は古本屋をしていたのか」

「先生らしい古本屋だった、神田の裏通りに小さい店があった。僕は友達から其処《そこ》の主人が変り者だということを教わった。その本屋は自分の好きな本きり置かないのだ。

自分の好きな本なら高く買う。嫌いな本だといくら安くっても買わない。だから其処にゆくと、いい本許りが並んでいると言うのだ。それで僕も出かけて見たが、実に片よった本許りが並んでいる。釈迦《しやか》や耶蘇《ヤソ》や孔子、ソクラテス、なぞに関係のある本が多く集められていた。日本人では二宮尊徳のものが多かった。その他坊主《ぼうず》のものが多かった。又伝記類や、宗教的なもの、哲学的なものが多く、文学の本はごく特別な人の他はなかった。それで本を買いにくる人も特別な人に限っていたが、それだけ来る人は皆真面目《まじめ》な人が多かった。そして主人といろいろ話をする人が多く、買い手と主人とは自ずと親しみを持つようになった。主人は身体は小さく、何処といって取柄のない人相をしていたが、何処か鋭い処もあり、人のよさと、真面目さが露骨に感じられた。まだ三十をちょっと越した位の時で、今の先生よりは鋭かった。気に喰わないことを言うものがあると、怒りつける時もあった。僕も一度怒られたことがある。僕がほしい本があったのだが、金が五銭足りなかった。それで五銭まけてくれと言ったら、私は掛け値はしない、それでいやなら買うな、と怒鳴られた。しかし僕が金がなくてそれが読みたくっても買えないのだと言ったら、急に言葉を優しくして、それなら今都合のいいだけ置いて本をもっていらっしゃい、あとはついでの時でよろしいと言った。しかしそれが例になると困るから、他の人には黙っていてくれと言った。僕はあるだけの金を置こうとしたら、それでは困るだろうと云《い》って半分だけとって、あとはいつでもいいと言った。僕は反対する気になれず、言われただけ半分置いてその本を持って帰った。そして噂《うわさ》に優《まさ》る変り者だと思った。僕はなるべく早く残りを持ってゆきたいと思ったが金の都合が悪く、勿論《もちろん》無理すれば持ってゆけたのだが、ずるけて半月程して、残りをとどけに行ったら、喜んでとってくれた。それから今迄より親しくなりその後もよく本を金を全部払わずに借りてくるようになった。先生はその時分よく店で本を読んでいた。店番は自分一人で他には誰も雇っていなかった。その時分奥さんがいたが、いつのまにか奥さんの姿が見えなくなった。先生一人で本を読んで店番しているのだから、今のように物騒な時でもなかったが、時々本がなくなっている時があったらしいが、大して気にはしていないようだった。僕は先生と親しくするに従って先生が好きになった。そしていつのまにか先生好きが十四五人集まるようになり、その連中で月に一回集まりをし、先生に来てもらって話をしてもらうことになった。それから二十四五年たったろう。いつのまにかその連中が三四十人になり先生も古本屋をやめることになって、今の生活が始まることになったのだ。先生の生活が保証されるようになったので先生は古本屋をやめたのか、古本屋がうまくゆかないので生活の保証を僕達が相談してして上げるようになったのか、僕ははっきりは知らない、両方だったろうと思う。少なくも無理がなく、先生から要求したわけでもなく、はたで見兼ねて、新生活が始まったのだろうと思う。僕は金の方では無力なので、その相談にはあまりのらなかった」

九

「先生はどうして奥さんと別れられたのだ」
「それは知らない、知っている人があればその女の人と先生だろう。噂はいろいろ聞かされているが、本当のことは僕にはわからないのだ。ただ奥さんは大変綺麗《きれい》な人だったことと、浮気者だったことは事実らしい。先生では満足出来なかったにちがいない、先生もそれは認めているらしい。奥さんの悪口を言う人があると、性質は悪くなかった、悪い人間じゃないと先生はいつも言う。しかしそれ以上具体的なことは言わない。しかし両方の為にその方がよかったのは事実だと思う。先生は嫉妬《しっと》がいかにいやなもの、馬鹿気ているものかよく知っているらしいことを思えば、内面的には相当苦労したとも思える。いつかある人が、知らぬは亭主許りだと言ったら、先生は『その反対の場合もあるよ。ただ亭主は自分の妻の悪口は他人には言いたくない場合もある』と言ったが、自分の場合を言ったのだと思われた」

　僕はその後にも、いろいろの人に聞いて見たが、誰も真相は知らなかった。だが他にいい人が出来て先生をすてたことは事実らしい。先生にも何かあったという説がある。一体に先生は女に対しては甘すぎるという説もある。先生自身は「自分は女に誘惑される資格がないので助かっている」と何かの時に言ったそうだが、先生は女にも好かれていることは事実だ。但《ただ》しその好かれ方は、肉体的でないこともたしかだ。たしかに先生は女にすかれるには不適当な顔をし体格をしている。もし先生に精神的魅力がなかったら、之程《これほど》取柄のないものは又とあるまい。

一〇

　いつから先生は無一文の生活に入ったか、正確なことを知っている人はいない。始めはたしかに先生は金を持っていた。弟子からの献金も素直に受けとっていた。買いたい本も買っていたし、簡単な食堂にも姿を見かけることもあったそうだ。ところがいつの間にか、段々金のいらない生活に入った。食事は三度三度世話する人が出来た。電車にのる必要も殆《ほとん》どない生活に入った。たまに遠い処から招待されると電車の切符をもらってすますことにした。人々は先生が金を持っていないことを知った。だから金のいることは傍の人が皆出すことになった。後援会には金はあるのだが、先生は金のない生活をもう暫《しばら》くつづけて見たいと言っている。少なくとも自分は金を持たないで生活して見たいと思っているらしい。又それで不自由を感じない生活を先生はしているのだ。しかし先生は金を否定しているわけではない。ただあまりに人々が金の生活をしているので一寸《ちょっと》金のない生活を楽しんでいるように見えるのだ。しかし僕は先生から金を持っていないと言われたことはない。ただ大概の処に一緒に行く時電車にのりませんかと言っても、「歩こう」と言われて一緒に歩かせられるので、余程歩くのが好きな先生と思ったが、金を持っていないのだとは思わなかった。一里位離れている処なぞは先生はあまり遠い処だとは思っていないらしかった。歩くのは中々早かった。僕は先生にある時、

「先生はなぜ金を持たないのです」と聞いた。

「持てばすぐなくなる。なくなってから又くれとは言いにくい。なぜ金がそんなに早くなくなるか、説明するのがいやだから、なければさっぱりする。無尽蔵にあれば別だが、しかし金があると欲望も強くなるし、落ちつかなくなるのも事実だ。それ以上いやな奴《やつ》が近づいてくるのも事実だ。金なしに生活するようになってから、僕は今迄《まで》より人間の純情にふれられるようになった。その味が忘れられないのだ。勿論、金があればいいと思う時もないとは言えない。しかしそれは他の人に相談してどうにかし

てもらう。出来ないことは仕方がない。僕はどっちにしろ金には縁のない人間だよ。金で他人に奉仕することは僕には出来ない。金がなくって、僕は僕の心のままに生きられるようになった」

「今時に金がなくって生きられる人は先生の他にはないでしょう」と言ったら、

「実際僕は運のよすぎる人間だ。ありがたいと思っている。僕のような我儘《わがまま》な人間が、皆に愛されるということは、実にありがたいことと思っている。僕程仕合せ者はないとよく思う」

真理先生は、涙ぐみながらそう言った。聞いている僕の目も涙ぐんで来、いい人だと思った。

一一

或《あ》る日僕は馬鹿一の処にゆき、真理先生が君の画《え》を一つほしがっていたと言ったら、馬鹿一は僕の思っていた以上に喜んで、どれでも先生の気に入りそうなのを一つ持って行ってくれと言った。そして沢山々々石の画を出して来た。その内から一つの石の画を選ぶのは中々厄介だった。どれも同じく僕には下らない画に見えるのだ。馬鹿一はその内から長くかかって十枚の石の画を選び出し、この内から気に入ったのを持っていってくれと言った。僕には勿論どれがいいかわからない、それで馬鹿一に僕と一緒に真理先生の処に行って、真理先生に選んでもらったらいいだろうと言った。馬鹿一は素直に承知した。そして二人で出かけて行った。

先生の処には相変らず三人の若い男の人が来ていて、何か大きな声で話していた。僕が声をかけると先生は喜んで出て来、僕が馬鹿一と一緒にいるのを見ると、いつもより丁寧に、

「どうぞ」と言った。僕達は座敷に通った。

石の画を持って来たことを話すと、真理先生は喜んで見せてほしいと言った。

それで僕は他にも人がいるのもかまわず、十枚の画を其処に並べて見せた。そして、

「この内からお気に入ったのを一枚選んで下さい」

と言った。そう言うか言わないうちに真理先生は迷わずに言った。

「それならこれを戴《いただ》きましょう」僕はそのあまりに早い選択に驚いた。

だがそれと同時に馬鹿一がとんきょうな声を出して、「偉い」と怒鳴ったのには驚いた、驚いたのは僕許りではない。その声に驚かなかったのは、真理先生と馬鹿一の二人だけだった。

「よくわかりましたね」

「いや、わかったわけではないのですが、之を見た時、光っていた、他も光っていますが、光らない部分がありますが、この画は全部光っている」

「光って見えますか」

「あなたの精神がね」

「ありがとう」

「僕の方こそありがとう」

贈る者も受ける者も、ありがたがっている、こんな美しい贈り物はないと思うが、さてその画を見ると、こんな画に興奮している二人が気違いのように見える。老いたる二人の気違いは他人の思わくなぞ気にしないで話を始めた。

「僕はこないだから考えているのですが、君が人間の顔や、身体《からだ》をかいたらどうかと思うのですがね」

「かきたいと思わないわけでもありませんが、僕には石や雑草が一番似合っていると思うのです。第一僕なぞにモデルをやとう力はないし、又かきたい時に、すぐいいモデルも得られませんからね」

「だが、あなたも人間を美しくは思うでしょう」

「滅多に思いませんな。この世で美しくないものは人間だと思いますよ。美しい、画にかきたいと思う人に滅多に逢《あ》ったことがありません。雑草や石は皆美しい。美しくないと思うものも見ていると美しくなります。だが人間は、美しい人が実に少ない、醜い人の方が実に多い、僕は正直な処《ところ》そう思っています」

「でもかきたい人があるでしょう」

「かける自信があれば、だがそんな人は僕のモデルになってくれません。其処へゆくと石や雑草は実に素直で、謙遜《けんそん》で、いくら見ても、気どりもしなければ、威張りもしません。そしていくら下手にかいても怒りません。僕にはこんなありがたい材料はないのです」

「しかしただで、いくらでも君の言う通りになるいいモデルがあれば、君はかいて見る気はないのですか」

「そんなモデルがあるわけはないのです」

「ところがあるのです」

「いやあるわけはありません」

「僕の知っている少女に君の話をしたら、君のモデルになってもいいと言いました」

そしたら馬鹿一は一寸沈黙したが、怒ったような顔をして言った。

「あなたは私を愚弄《ぐろう》するつもりですか」

しかきません」

「僕が雑草や石許《ばか》りかいているのを、あなたは軽蔑《けいべつ》している。それはよろしい、しかしあなたは草や石の無限の美を軽蔑している。それは、僕には聞きすてるわけにはゆきません」


僕は驚いたね。他の三人も驚いた。真理先生はなお驚いただろう。しかしさすがに先生で、あわてずに言った。

「無論、僕は草や石の美を認めます。君がそれをあらわす為《ため》に一生を打ちこむ甲斐《かい》のあるものだと思います。しかし人間だって馬鹿《ばか》には出来ないと思いますよ」

「君は僕が草や石をかいているのを憐《あわ》れんでいるのでしょう。他の人ならいくら憐れんでくれても、僕は笑ってすますでしょう、だが君だけは、僕の知己《ちき》だと思っていたので、その憐れみはお返ししたく思うのです」

「僕は君を憐れんでなんかいません。君はこの世では珍らしく幸福な人だと思っています。だが僕は草や石許りがこの世で美しいものだとは思っていないだけです」

「それはあたりまえです」


先生は言葉だけでは面倒と思ったのであろう。其処《そこ》にいる青年の一人に言った。

「愛子をよんで来てもらいたい」

「はい」言われた青年はすぐ呼びに行った。

「でも石という奴は見れば見る程美しいと思いますよ。変化はないと言うけれども、石だって天気の具合、こっちの気持の具合で、千変万化するものです。僕はいろいろの石をひろって来ます。一つとして同じ石はありません、皆自分独特の性格を持っています。皆一つの存在として、自己を主張しています。可愛《かわい》い奴です。それにいつでも見たい時に見ることが出来、かきたい時にかけるのです。僕は二つ三つの石を選んでそれを眺めていれば、一日位すぐたってしまう、その気持は他の人にはわからない気持で、僕は自分を実に仕合せものと思っています」

　そう言っている時、さっきの青年はいつかここで僕が逢った少女と一緒に帰って来た。真理先生は、

「この方がいつも僕の話している画をかく先生だ、これは僕を父のように思ってくれる娘です」

　二人は紹介されて丁寧に挨拶《あいさつ》した。

「この子は画かきになりたいと言っているのです。僕は賛成しているわけではないのですが、やりたいだけやることに反対はしていないのです。そしてあなたの画をかく処を一度見せてやりたいと思っているのです。画をかくことが、どの位真面目《まじめ》な真剣

な仕事か、知らしたいのです」

「いつでも見にいらっしゃい」

「ありがとうございます」

馬鹿一は娘の顔をじっと見た。そしてあわてて目をそむけた。その後も時々その娘の方を見た、彼の心はたしかに動揺しているようだ。実際、この娘は美しい感じのいい娘だ。美人と云《い》えるかどうかは知らないが、生々している点と、清浄な人のいい感じでは無類のものがある。僕が画家だったら喜んでかきたくなるだろう。石とはくらべものにならない。

「それなら向うへ行っていい」

「はい」娘は帰っていった。

「あの娘《こ》だよ、君にかいてもらいたいと思うのは。あの娘に君の画をかく処を見せたい、同時に今のあの娘の顔をありのままに君にかいてもらいたいと思っているのだ。石も勿論《もちろん》いいが、あの娘の顔も捨てたものじゃないと思うのだ」

「勿論だ、だが僕にはかけないよ。かく自信がない、一年中、かくことが出来れば、何とかものにして見せるかも知れない、だが一度や二度かいたのでは、ものにならないよ」

「ものになるまでかいていいよ」

「君はよくっても、あの人は閉口するよ。僕も閉口する」

「どうして」

「人間はどうも変化が多すぎる」

「その変化が又面白いのじゃないか、あの娘の今の美しさは、明日にも変化するかも知れない。それだけなお僕は画にかいておいてもらいたく思うのだよ。変化するもの、流動するものもたまにはかいて見るのはいいことと思うね。流動するもの、変化するものを、かく、かいて永遠に残す、このことは僕は画家の使命の一つと思うね」

「それなら他の人にかいてもらったらいいだろう。僕にはかけない」

「かける」

「かけない」

「かける」

「かけない」二人の頑固爺《がんこじじい》が大きな声を出して睨《にら》みあっている感じは、一寸《ちょっと》見物だった。

「かけないと思うのは迷信だ」

「画をかいたことのないものにはわからない」

「この石がかけるものにかけないことはない」

「石は黙っている」

「あの娘も黙っているよ」

「心がある。それが僕の無心に画をかく邪魔になる」

「そんな邪魔に君が勝てないはずはない」

「僕は今の生活を乱されたくない」

「乱す力なんかないよ」

「ある」

「君なら大丈夫だ」

「あてにはならない」

「思い切ってかいて見たらどうだ」

「御免こうむる」

「強情だね」

「どっちがだ」二人は大笑した。

「しかし本当は一寸かいて見たいのだろう」

「大いにかいて見たいのだ。だが、それは結局、僕の画《え》を不徹底のものにする恐れがある」

「なお君の芸術は大きくなると思うがね」

「俗化する」

「もっと神聖なものになると思うね」

「君と僕とは人間の出来がちがう」

「だからなお、君にかかして見たいのだ」

「悪趣味だね」

「皆も喜ぶと思うがね。日本人の名誉の為にも、千年後の人もそれを喜ぶよ」

「僕にはまだ自信はない、考えさしてもらおう」

「いくらでも考え給え」

僕達は一時どうなるかと思ったが、安心した。帰りに馬鹿一は、愉快そうに言った。

「あいつは馬鹿だね」

「君もあんまり利口じゃないね」

「どっちが馬鹿かね。だがあいつは親切ものだ。そして存外画がわかるのだね。僕が一番やるのを惜しく思っているのを、取り上げやがった」そして馬鹿一は馬鹿笑いした。

一二

僕はその後真理先生に逢ったら、

「石かきさんには驚いた」と言った。「しかしあれでこそあんな画がかけるのだろう。僕はあとで余計なことを言ったと気が滅入《めい》ったよ。すぐなおったけど」

「よろこんでいましたよ。先生は画がわかると言ってね。尤《もっと》も先生のことをあいつは馬鹿だねと言っていましたよ」

「そうか、たしかに馬鹿だったよ。だが石かきさんも利口じゃないね」

「僕もそう言ったのです」

「今時にあんな人がいると思うと愉快だよ。この石の画なぞも見れば見る程よくかいてある。実に不思議な画だよ。たしかにありふれた何処《どこ》と言って面白くない石だ、だが一つの存在だ、ちゃんと存在を主張している。たしかに目方がある。たたくと音がしそうだ。実に石かきさんのようにかっちりがんばっている。之を見ていると嬉《うれ》しくなるよ」

「そうですかね。僕にはどうも面白く思えませんがね」

「そうかね。僕も少し変り者かね、この画に感心するのは。誰も感心する人はいないのだよ。でも僕がほめると反対はしない」

「先生も相当の変り者ですね」

「その点では石かきさんにはかなわない。石かきさんに比べると僕は俗人だよ。軽薄な処があると反省させられたよ」

「そんなことはないでしょ」

「あるね。僕はまだまだ駄目な人間だよ。こんなことを言うのも可笑《おか》しい程だ。だが他の人から駄目な人間と言われても、別に驚きはしないが、そして駄目でない人間にお目にかかったことがないことを告白するだけだが、しかし他人がどうあろうと、自分の駄目なことだけは反省しなければならない。だから僕はいつでも今にものになって見せると思っているのだ。一生かかって自分をものにする。それが僕の理想だよ。まだまだ大往生の出来る人間ではない。大往生の出来る人間になって見たいと思っている。生きることも死ぬことも自然のままの人間になって見たい。しかし僕はまだまだ人間らしい迷いの面白さも捨て切れずにいる。人生の微妙さは味わって尽きない。人間のつくられ方の微妙さを知るものは実に少ないと思うね。僕は人間の微妙さを知りたいと思っている。僕が画家だったら、いくら迷っても人間をかいて見たいと思うよ」

「石かきさんもたしかに人間がかきたいことはかきたいらしいのですよ」

「だがあの人は石や雑草をかく方がいいのかも知れない。僕はつい自分が画家でないのに余計なことを言いすぎた。今度あったらあやまってもらいたい」

「大丈夫ですよ。喜んでいましたよ。決して怒ってはいませんでした」

「でも心を一寸でも乱したかも知れない」

「大丈夫ですよ」

「それならいいが」

「愛子さんて綺麗《きれい》な娘さんですね」

「綺麗と言っていいのだろうね。だが僕はあの娘らしい心がかいてもらいたかった。もう一年もたたないうちに、あの美しさは変化するだろう。もっと美しくはなるだろうが、もっと清くはならないだろう。自然は新しい美をどんどん生み出す力を持っているから、遠慮なく美しい人を婆《ばあ》さんにしてしまう。それで又いいのだろうが、一寸惜しい気もするのは人情の面白い処《ところ》とも思うよ」

今日は他の人にさまたげられずにしんみり話が出来るのを喜んでいたら、どやどやと四人の若い人がやって来た。

「先生、少し散歩なさいませんか、先生のお好きな梅が咲きかけて、今丁度見頃です」

「そうかね。あなたもいらっしゃいませんか、この人の庭に一つ僕の大好きな老梅があるのです」

「お邪魔にならなければ」

「邪魔になるものですか」

それで僕もついて行った。

一三

そのお弟子さんの家は遠くなかった。そう広い庭ではなかったが、一本の白梅の老樹が、七分程咲いていた。その枝ぶりが中々しゃれていた。

「本当に見頃ですね。桜は満開の時が好きだが、梅は満開の時より今時分の方が新鮮で美しいですね。実に清らかな感じですね」

「去年は満開すぎに来て戴《いただ》いて少しおそすぎたねと先生に残念がられたので、今年は先生に喜んで戴こうと思ったのでした」

「どうもありがとう。満足したよ」

家の人は先生が見えたというので大喜びして、丁寧に心をこめてもてなしをした。

先生はいかにも幸福そうだった。帰りに先生は言った。

「親切にされることは実にありがたいことだ。僕は齢《とし》とって涙もろくなって困るよ」

僕は今更に先生程皆に愛されている仕合せ者はないのではないかと思った。

一四

或《あ》る日不意に馬鹿一の処を訪ねたくなって行った。一緒に真理先生の処から帰って十日位たっていた。その間何かと忙がしく馬鹿一のことを忘れていたのだった。ゆくと相変らず雑草を前に置いた石をかいていた。僕がゆくと喜んで迎えてくれた。

「毎日君を待っていたよ」

馬鹿一にこんなことを言われたのは始めてなので、僕は少し面喰《めんくら》っていると、

「真理先生の為《ため》にひどい目にあったよ」と又意外なことを言い出した。

「もういいが、あれから二三日あの女の顔が目にちらついて、石を見ても女の顔に見えて閉口したよ」馬鹿一柄《がら》にないことを言い出した。

「そんならかかしてもらえばいいじゃないか」と僕は言った。

「だめだよ。女の人は石じゃない。かきたい時に来てもらうわけにもゆかないし、第一こっちの思う通りにはならない。相手の感情が反射して来て、落ちついた無心な気

持では画にかけない。だがあの額から鼻、鼻から口、口から頤《あご》にかけての線、それから頬のあたり、殊《こと》にあの目、あの耳まで、僕ははっきり見てしまった。あんな感じの石はないかと思って、捜して見たが、中々見つからないね」相変らず、馬鹿一らしいことを言う。

「あんな線の石があって、かけたらと思うよ」

「石にあるわけはないじゃないか」

「石にはあらゆる線がある。だがやはり人間の顔は顔だけのことがある。殊《こと》に美しい少女には、特別な美しさがあるね。あれが本当にかけたらと思ったら、思い切ってかしてもらいたいと、真理先生の処に出かけようかと思ったこともあったが、やはりやめたよ」

「ゆけば真理先生は喜んだろう」

「だが、あの人は閉口するだろう」

「真理先生、自分の言うことならなんでも聞くと言っていた」

「あてになるものか。僕は女を信用しない」

「あの娘さんもか」

「あの人はたしかにいい人だが、僕は女には好かれない人間だよ。いくら真理先生がすすめてくれても、僕には気の毒でたのめない」

「たのんで見ようと思ったと言ったじゃないか」

「思いなおしたのさ。そしてやっと二三日前から、又落ちついて画がかけ出したから、もう安心だが、あいつが余計なことを言ったので、三日棒にふってしまった。あいつのおしゃべりには閉口したよ」

「好意で言ったのでしょう」

「好意だからいけないのだ。悪意なら始めっから問題にはしない」

さすがの真理先生も、馬鹿一にあっては、手がつけられない。馬鹿一の処に一時間程いて、その帰りに真理先生の処によって見た。真理先生は僕がゆくと、

「君はいろいろの人を知っているが、書家でいい人があったら知らせてほしい」

と言うので、僕は泰山の話をしたら、

「是非その人に大願成就《じょうじゅ》と大書して貰《もら》いたいと思うが、かいてくれるだろうか」と言うから、

「それは書いてくれるだろう」と言ったら、

「たのんで見てくれ」と言うので、

「墨さえすればかいてくれるでしょう」と言ったら、

「もし墨する人が入用なら愛子をつれて行って下さい」と言うのだ。

「どうしてそんな字がかいてほしくなったのですか」と聞いたら、

「昨日、夜中にふと目が覚めて、いろいろ考えているうちに、大願成就という言葉が、頭に浮んだのです。僕は人類の幸福をのぞんでいるのだが、中々人類は幸福になりそうもない。しかし僕達は大願の成就を望まないわけにゆかない。そんなことを考えているうちに、大願成就という字を誰かに書いてもらって、床の間にかけておいたら少しは本気になって、大願成就をいのる気になるだろうと思ったのだ。そしたら子供のように急に誰かに書いてもらいたくなったのです」

「それなら之から聞きに行って来ます」

「そう急がないでもいいのです」

「早い方がいいのでしょう」

「それは早い方がいいにはちがいないが」

「それならそう遠くないのですから、一寸《ちょっと》行って来ます」

「折角来たのだから」

「いいえ、別に用はないのですから」僕はそう言ってすぐ出かけた。幸い泰山が家にいたのでそのことを言うと、真理先生の為なら喜んでかくと言った。

「それなら紙をもらってくる」

「紙ならある」

「墨する人をつれてくる」

「君がすればいいじゃないか」

「真理先生は、自分の御弟子の娘さんに墨をすらせると言っているのだ。いつかいてくれる」

「明日の朝でも、明後日の朝でもいい」

「それなら明朝あらためてくるよ。墨すりをつれて」

「それなら待っている」

「それでは今日は之《これ》で失礼する」

「今日はいやに早いね」

一五

翌朝中沢愛子さんが僕の処にさそいに来た。それで僕は一緒に出かけた。

「石かきさんが、あなたの顔をかきたがっていましたよ」

「それならいつでも出かけますと、おっしゃって下さい」

「でも、かくのを怖《こわ》がっていました」

「どうして」

「あなたが閉口しはしないかと思っているらしいのです。何しろ変り者ですから、本当のことはわかりませんが」

「それは私も正直言うと、一寸困りますわ。あの方に見つめられては、蛇にみこまれた蛙《かえる》のような気がして。私はかきたいとおっしゃられると困ると思っていたのです。先生はかいてもらえとおっしゃるのですけど、石かきさんに見つめられると、正直な処ぞっとします」

「あなたのその気持を、先生は御存知なのですか」

「知らないと思います。先生は、私には何んでも言え、私はまた先生のおっしゃることは何んでも聞くと思っていらっしゃいますが、一二年前迄《まで》はそうでしたが、この頃はそうと許《ばか》りは言えないのです。ですけど先生は無理をおっしゃる方ではないので、私は反抗する必要がないので、今でも私は何んでも聞くと先生は思っていらっしゃるのです」

「本当に先生はいい方ですね」

「よすぎるのです。でも怒る時は随分怖いのですよ」

「怒ることおありですか」

「滅多にありませんが、弱い者いじめをする人があると怒りますね。信頼出来ないことをする人も怒られますね。でもあやまればすぐ元にもどります」

「あなたは怒られたことはないでしょ」

「二度程あります。一度は先生の思いちがいで怒られたので、それがわかったら、先生すっかり驚いておあやまりになりました。私が余計なことをつけ口したとお思いになったのです。でもそれは私ではなかったのです。もう一つは私が或る人を誤解して悪口言ったのです。すると先生、本当のことがわかりもしないくせに生意気言うな。君自身だって、人には知られたくないことがあるだろう。完全な人間があるなら見せてもらいたいものだ。他人の悪口はよくよくの時の他は言うものではない。そう怒鳴られて、私は驚いて逃げ帰ったのです。それから一時間程してこわごわ夕食を運んでゆきましたら、もう笑っていらっしゃって、さっきは一寸怒りすぎたね。随分驚いたらしいが、もっと静かに言えばよかったのだが、僕も自分をあまり利口でないと思ったよ。そしていつもよりなお御機嫌よくなっていらっしたので安心しました。その他には怒られたことはありません。この頃は大きな声を出して怒鳴られることは私は殆《ほとん》ど聞きません。でも先生に怒られたなぞとおっしゃる方もありますし、先生怒ると怖いねなぞとおっしゃる方もありますから、時々はお怒りになるのでしょ」

「本当に先生に怒られたら怖いでしょ」

「いつか、皆のいる処《ところ》で、怒るべき時に怒れない人は陰険になる危険があるなぞとおっしゃっていらっしゃいました」

「そうですか。あなたのお母さんは随分先生を信じていらっしゃいますね」

「母にとっては先生は神様です。母は先生に救われたのだと言っています。実際母が生きている力がなくなった時、先生に逢《あ》って、今迄よりももっと生きる希望が持てるようになったのは事実なのです。でも先生は母にほめられるのはお嫌いで、えこひいきはしないでくれよ、なぞとおっしゃいます」

「話で夢中になっているうちに来てしまいました」

一六

泰山は機嫌がよかった。そして愛子が墨をすっている間に、字をかく用意をした。いつもより室が清められている感じだ。用意が出来て泰山は墨のすり上るのを待っている時言った。

「大願成就なぞという字は人間にはかけない字だと思うね。だが大願成就を望むことは、程度は高くないが、出来ないとも思わない。だが僕にかけるとも思わないが、臆《おく》病《びょう》はいやだからかくことはかくが、見る人が見たら笑いたくなるかも知れない。しかし之も勉強だと思ってる」

墨は中々すれない。

「代りましょか」

「ええ」愛子は余程閉口したと見えて、すぐ僕に墨を渡した。

「そんな心がけでは大願成就しませんよ」泰山はそう冗談を言った。愛子は真赤になった。

「本当にそうでございますね。私は気がつきませんで、すみませんでした。私がすります」

「いや、それには及びません。今のは冗談です。悪い冗談を言いました」

泰山は反《かえ》って恐縮した。しかし愛子は、

「私にすらして下さい」と言った。すると、泰山は、

「僕がすろう」と決定的な言い方をした。

「手がふるえるとよくない」

「そんなことはない」

「本当にすみませんでした。私にすらして下さい」

「僕がするよ」

「そんなら山谷、真剣な気持ですれるなら君に任せるよ」

「するよ」僕は心の中で、愛子の為《ため》ならとふと思った。それ程、愛子を可憐《かれん》に思った。僕はすり出したが、水を多く入れたので、中々すれない。

「もういいだろう」

「私にどうぞ、もう一度すらして下さい」嘆願するように愛子は言った。

「それならどうぞ」愛子は喜んで、すり出した。

「もういいでしょう」泰山はそう言った。

「色をためして見ようか」

「僕にはためさないでもわかるよ」

　それから泰山は、大きな筆をとり、墨を十分筆にふくませて、紙に向って、暫《しば》く沈黙していたがやがて渾身《こんしん》の力を入れて、「大願成就」とかいた。その真剣な全力を出し切った姿は見ている方も緊張させられた。全紙一ぱいにかいた大字は立派で泰山一生の傑作の一つと言えると思った。泰山は黙ってそれを見ていた。愛子も上気して見ている。誠に美しいと思う。馬鹿一にこの光景を見せたら、又二三日は眠れないだろうと思われる。

「今の僕にはまあこの位で、辛抱してもらうより仕方があるまい」

泰山は独り言のようにそう言った。それから三人は墨のかわくまで気楽に話をした。

一七

帰りに愛子は言った。

「あなたのお友達は皆いい方ね」

僕は得意になって言った。

「いい人でしょう、泰山は」

「私、あの気魄《きはく》に打たれましたわ」

「あいつは真剣な男ですよ」

「でも変った方ね」

「世間の人とは変っているでしょうが、当人は自分程あたりまえの人間はいないと思っているのです」

「うちの先生も、自分程あたりまえな人間はいないと思っているのです」

「石かきさんもそうなのですよ」

「あの人は一番変っていますわね。他の方は常識は持っていらっしゃいますが、あの方は少し変ね。気味の悪い処がありますわね」

「そうですかね」

「私、穴のあく程ものを見るという言葉がありますが、あの方に見られると、何んだか穴があくように思えますよ」

「あなたも穴のあく程見られた方ですね」

「私、あとで思わず顔をさすってしまいましたわ」

二人は笑った。

「真理先生の処には随分いい人が集まりますね」

「本当にいい方許りです。でもいろいろの方がいますけど、世間の方とは随分ちがっていらっしゃいます。真面目《まじめ》にいろいろのことを考えている方許り」

「世間には一寸《ちょっと》通用しない人もいますね」

「先生が先生ですから」

「先生はあれで存外世間のこともわかっていらっしゃるのではないのですか」

「先生の頭は悪くありませんからね。世間のことだって知ってはいるのですが、あまり問題にしていらっしゃらないようです。でも私のことに就《つい》てはいろいろ考えていらっしゃるようです」

「先生はあなたを信用していらっしゃいますね」

「今に後悔させはしないかと私はこの頃心配しているのです」

「そんなことはないでしょう」

愛子は何か言おうとしてやめた。何か心にかかることがあることを僕は感じた。

一八

僕達が真理先生の処に帰ったのは十一時頃だったろう。先生の話が聞きたいという学生が七八人来ていた。先生は僕達が帰ると大喜びで、すぐ床の間に僕達に泰山の書を鋲《びょう》でとめさした。

泰山の書は床の間には大きすぎたが、堂々としていた。先生はそれを見て言った。

「日本にも相当な人物がいるな」その声は如何《いか》にも愉快そうだった。気に入ってよかったと思った。すると学生の一人が言った。

「先生、大願成就《じょうじゅ》という言葉に就て何か話して戴けませんか」

「話してもよろしい」先生はそう言って静かに話し出した。

「一昨晩だった、夜半に目が覚めていろいろのことを考えていた時、ふとこの大願成就という文句が脳裏に浮んだ。それで翌日山谷さんが見えた時、誰かいい書家を知りませんかと聞いたら、山谷さんが泰山という書家がいる。あの有名な白雲子の弟さんで、兄さんとはまるでちがった処のある、自分の世界を持って、精進してやまない人だということを聞いたので、書いていただいたのです。それがこの字です。なぜ私がこういう字をかいてもらいたくなったかというと、私には一つの大願があるのです。とてもこの世では大願が成就されるとは思わないのですが、大願成就することを祈ることは出来る、死ぬ時も私はこの大願成就を祈って死ぬことが出来る。私は大願成就をいつも祈っていたいと思っているのです。私の大願は、すべての人が人間らしく生きられるということです。耶蘇《ヤソ》は神の国とその義を求めました。私はすべての人が人間らしく、自分の本来の生命をそのままに生かせる世界を望んでいるのです。今のように正直者が生きてゆけなかったり、他人を憎悪《ぞうお》しないではいられなかったり、自己を歪《いびつ》にしないでは生きていられない時代には、なお更、この大願を持たないわけにはゆかないのです。君達も、人間が人間らしく生きられる世界が来ることを望むでしょう。殺される心配のない、自己を曲げる必要のない、強制されることがない、誰にも侮辱されず、自分を美しく生かすことが出来る世界、それを内心望まない人はないと思います。この望みを成就する為に私達は働きたいと思っているのです。つまり私達が自己を生かすのも、自分の考えを言うのも、この大願成就を望んでいるからです。先《ま》ず自分を人間らしく生かそう。自分を生き甲斐《がい》ある人間にしよう。そして自分と同じ望みを持つものと協力しよう。そして皆の生命が素直に生きる世界を築き上げよう。つまり大願成就の為に協力しよう。そう思ってこの字をかいてもらったのです。大願成就をいつの時にも忘れたくない、私はそう思っているのです。皆さんはそうは思いませんか」

「勿論《もちろん》思いますが、それにはどうしたら一番いいかがわからないのだと思います」

「それは勿論方法も大事です。しかし本当に真心から大願成就を願っている人が何人いますか。理窟《りくつ》でなしに、真心から、不純な動機でなしに純な純な純な動機から大願成就を願っている人が何人いますか。私はそういう人が、この日本に一人でもいたら、私はその人の前に涙をながして、頭を下げるでしょう。私なぞはまだまだ至らない人間だが、しかし私以上に大願成就を心から願っている人が、一人いるかいないか、私は知らない。私はいないとは勿論思わない。しかしいるとも思わない。世界には二人や三人はいるかと思う。だが私はもっともっとそういう人が出て来なければならないと思うし、自分ももっともっと真剣に大願成就を願わなければならないと思う。私は戦争は勿論恐ろしい、そして人殺しはどんな理由でも恐ろしい。他人を平気で強制する者も恐ろしい、真に恐ろしくない世界、それでいて益々《ますます》大願成就を目ざして一歩一歩近づいてゆく世界、真の意味の自己完成を目ざして進んでゆく世界、私はその為にこつこつ平和な道で進んでゆくものを讃美《さんび》したい。そしてそれ等の人の末席に伍《ご》して進んでゆきたい。その為に働きたい。その自分の心を鼓舞したいと思ってこの字を書いてもらったのです。この字は大願成就を望んでいる一人の男が全力を出して書いたものと思える。勿論その人は自分の世界に入りすぎているようだが、自分の世界で精進してやまない人であろう。私はそういう人も尊敬するが、すべての人がそうなり得る世界がくることを望まないではいられない。そして又皆にもっともっと強く強くそういう世界がくることを望んでもらいたい。真心と、真理の力を私は信じている。私の至誠の足りないことを反省しながら、大願成就を祈るのである」

涙もろくなったという真理先生の言葉はいく分センチメンタルになりかけた。若き純情の人々は感激していたようだ。

一九

僕は家に帰り昼食をしながら、妻に今日の出来事を話していると、僕の友達の中でも一番気軽な男がやって来て、僕の顔を見るといきなり、

「馬鹿一先生、とうとう気が狂ったよ」と言った。僕は驚いて、

「本当かい」と聞いたら、

「まあいって見ろ、驚くから」

「何か起ったのか」

「とても想像が出来ないことが起ったのだ」

「なんだ」

「先生、今何をかいていると思うのだ」

「石か雑草じゃないのか」

「それなら驚かないよ」

「それなら何をかいているのだ」

「人形をかいているのだ」

「たのまれてかいているのじゃないのか」

「あの先生に人形をかいてくれなぞと言う物好きがあるわけはないじゃないか」

「そう言えばそうだな。本当に人形をかいているのか」

「そうだよ。やっこさん子供でもほしくなったのじゃないかな」

「どんな人形なのだ」

「古い人形で、中々可愛《かわい》い人形だが、随分もてあまして、変なものをかいているのだ。一つ見に行ったらいいだろう。さすがに先生、僕に人形をかく処《ところ》を見られて恥かしそうにしていた」

「そうか」

「驚いたよ。自分の目を疑ったね。馬鹿一がどういう気持で人形をかき出したのかと思うと、なんだか浅ましい気がして、世も末だと思ったよ」

「それが本当なら、ともかく驚くべき事実だね」

「まあ行って見ろよ」

その友達は、之《これ》から皆に報告しておどかしてやろうと思うと言ってあわてて帰った。

友達が言ったことが事実ならば、之はたしかに驚くべき事実だ。殊に愛子の話を知っている僕は、この事実を無関心に聞き逃《の》がすことは出来なかった。何と言っていいか、浅ましいような、困ったような、厄介なような、少なくも喜ぶわけにはゆかない事実に思えた。ともかく見に行って見よう。好奇心の弱くない僕は、すぐ出かけて見た。馬鹿一の処は誰も案内など乞《こ》わずにすぐ入ってゆくことが癖になっている、殊《こと》に今日は人形をかいている現行犯を見つけたいと思っているので、僕は格子戸《こうしど》をあけるのも静かに、襖《ふすま》も音のしないように開けた。

友達の言ったことは本当だった。可愛い童子が立っている。小豆色《あずきいろ》の着物を着ている昔の人形を前に置いて一心にかいている。僕が来たのも気がつかない。人形を睨《にら》んでは一心に筆をおろしてかいている。その様子はたしかに、気が狂ったとでも言いたくなる様子だ。

「面白いものをかいているね」

僕がそう声をかけると、一寸びくっとしたようだが、相手が僕だとわかると安心したように、

「君か。いつ来たのだ。ちっとも気がつかなかった」

「どうしてそんなものをかく気になったのだ」

「自分でもわからないのだ。伯母の家に久しぶりに行ったら、この人形が僕の顔をじっと見ているのだ、僕は始め気がつかなかったが、ちょいちょい僕とこの人形とが顔をあわす度に、段々この人形が僕にかいてもらいたがっていることがわかって来た。この人形は僕の来るのを待っていたらしいのだ。そして僕をじっと見て、僕がかくというのをじっと待っているのだ。それで可哀《かわい》そうになって、とうとう思い切って借りて来たのだ。だが勝手が違うので、かくのは中々むずかしい。しかしこいつは、いくらでも辛抱するから、思う存分かいてくれと言うのだよ。だから僕は思う存分かいて

やる約束をしたのだ。そしたら人形の奴《やつ》、喜んで、満足したような顔をしたよ」

　さすがに馬鹿一の言うことは変っている。

「君にかいてくれと人形が言ったのか」

「そうだよ、伯母の処には他にも沢山人形があるのだ、伯母は人形が好きで集めているのだ。だが他の人形は僕を見ても何とも思わないのだ。僕とちがう世界に住んでいるような顔しているのだ。ところがこの人形だけは孤独で淋《さび》しがっていて、僕を見ると、僕にへんに心をよせて、僕に助けてくれと言う表情をするのだ。そしてかいてやろうかと言うと、いかにも満足した顔をするのだ。かいていても、この人形はいやにすまして、得意になって、僕にかいてもらうことを如何《いか》にも喜んでいるのだ。僕はこの前からこの人形を見ると気がひかれる気がしていたが、まさかかいてもらいたがっているとは思わなかった。他の人間がつくったものなぞ、かこうとも思わなかったが、この人形をつくった人は、僕にかいてもらいたくってこの人形をつくったのだということがわかった。この人形は僕にかかれる為《ため》に、伯母の家で今まで気長に待っていたのだ。それなのに僕は今までそれに気がつかなかったのだ。余程僕は馬鹿《ばか》だったのだね」

「石よりも人形の方がかいて面白いだろう」

「そんなことはない。それは何と言ったって石の方が力があり、充実している。しかしたまには人形をかくのも悪くないと思うよ。愛子さんのような石をさがして得られなかったが、この人形を見た時、自分が求めていた石は之《これ》だったのだなと思ったよ」

「君は愛子さんをかきたく思っているのか」

「愛子さんが人形だったら、勿論かくね。しかし、生きている女は僕には不向きだ。人形は無心だから、僕がどんな絵をかこうと小言も言わなければ、不平も言わないし、迷惑にも思わない。そしてかきたいときにかけ、いくら睨んでもいやな顔をしない。人形っていいものがあると思ったよ。尤《もっと》も人形は人形だが、しかしこのすました顔は可愛いじゃないか。かいてもらいたくって、すましているのだ」馬鹿一はそう言って又一心に画をかき出した。

その時、馬鹿一が人形をかきだしたという宣伝がきいたのか、三人の呑気者《のんきもの》が登場して来た。馬鹿一は怒ったような顔をして、人形をかくのをやめた、其処《そこ》でどやどやと三人の呑気者は入って来た。

「人形をかいているそうじゃないか、見せないか」

「まだだめだ」

「この人形か。もっと美人の人形をかけばいいのに、もっと美しい人形はいくらでもあるよ」

皆勝手なことを言った。馬鹿一は黙って人形を見ていた。何となく淋しそうだった。しかし皆はそんなことに気がつく人間ではなかった。

「遠慮せずに見せろよ、折角見に来たのだから」

「人形がまだ見せては困ると言うのだ」

「へえ、人形が。人形の言葉ってどんな言葉なのだ、聞いて見たいね」

「人形は勿論物は言わない。だが表情でわかるのだ」

「人形に心があると、君は思っているのか」

「心のない人形も勿論ある。だが心のある人形もある。ただ君達にはその心がわからないのだ」

「へえ、この人形には心があるのかね」

「人形さん、人形さん、あなたの画《え》を見てもいいでしょう」

「あまり似ていないからいやだと言うのですか。そうですか、見ていいのですか、人形は見ていいと言ったよ」

「そうだ、見て批評して悪い処を注意してくれと言っているよ」

皆、勝手に言いたいことを言っている。馬鹿一は皆に言いたいことを言わさして黙っていたが、この時何と思ったか、自分の画を四五枚出して来た。

「本当に何処がわるくって似ないのか、僕にはわからないで困っていたのだ。一つ皆で研究してもらおうかね」

皆、大喜びで争って手にとって見た。そして皆吹き出した。

「之は面白い、中々よく出来ている。石よりいいや、少なくも、石よりは面白い」

「そうだ之から人形画家になるといいのだ。人形も動かないからね」

「之じゃ、人形も見せたがらなかったことがわかる」

勝手なことを言われても馬鹿一は黙っていた。そして静かに言った。

「どうしても似ないのだ」

「この画の鼻の下が少し長いよ」皆笑った。

「そうか知らん」馬鹿一は真面目《まじめ》に考えている。皆出鱈目《でたらめ》を言うのを馬鹿一は黙って聞きながら一心に自分の画と人形とを見くらべている。その真剣な顔は今にも泣きそうに見えた。

「君達の言うことが僕には少しもわからない。僕の頭はどうかしている。早く一人になって考えて見たい。すまないが、今日は皆帰ってくれないか」馬鹿一は嘆願するようにそう言った。

二〇

その後、馬鹿一が気がちがったという噂《うわさ》は方々から聞いた。しかし僕はそれを信じない。馬鹿一が変なのは前からである。今更変ったわけではない。人形と話をしていたとか、出る時、帰る時一々人形に挨拶《あいさつ》をしたとしても、馬鹿一にとってはそんなことは珍らしいことではない。それより馬鹿一の画が段々によくなって来た方に僕は驚くのである。馬鹿一の勉強と根気は、とうとう芽を出し始めたと僕には思えた。人形の画もゆく度に似て来た。生きて来たと言っていいかも知れない。たしかに変った画である。間抜けな画でもある、だが変に可愛い画である。愛してかいていることがわかる。微笑《ほほえ》ましい画である。僕は一つ特に気に入ったのがあったので、冗談見たような顔をして、真面目に聞くのは恥かしいので、「これを売らないか」と言った。

馬鹿一は驚いて僕の顔を見た。からかっていると思ったらしく、一寸《ちよつと》いやな顔をした。僕は馬鹿一にこの頃同情して来ている。決して軽蔑はしなくなった。なぜというのにあまりに人がいい、あまりに真面目だ。あまりに真剣だ。そしてあまりに寂しそうだ。時々今にも泣きそうな顔をする。石なんかかいている時は、そんな顔をしたことがなかったのだが。それで僕は、真面目に言った。

「之を売るとしたらいくらで売る」

「君が本当にほしいなら、君なら上げるよ」

「僕は買いたいのだ。もらいたくないのだ」

「僕の画はまだ値段がないのだ。百円でも高すぎると思うし、一万円でも安すぎると思うのだ」

やはり変だなと思う。

「君なら五十円でいいよ」といきなり言った。

「今五十円じゃ卵を二つ位きり買えないよ」

「君が本当にほしがってくれれば、僕はそれで嬉《うれ》しいのだ。だが冗談なら、僕は一万円でも売らない。君が大事にとっていてくれるなら、ただでいいのだよ」馬鹿一は僕の顔をじっと見た。そして僕が真面目にほしがっているのがわかると、驚いて言った。

「君も変ったね。皆は君のことを気が違ったと言うだろう」そして如何《いか》にも愉快そうに笑った。

そう言われればたしかに僕は変って来たようだ。真理先生と話をするようになってから、僕のものに対する評価が変ったようだ。今までは僕は世評に動かされ易《やす》かった。この頃はいつのまにか、人間の誠意というものを信じるようになった。そしていつのまにか、馬鹿一を馬鹿にしなくなっている自分に気がついた。自分も少し気が変になったのかも知れない。僕は百円であの人形の画を買った。馬鹿一の画が始めて売れ、それを買ったのが僕だから、たしかに僕達の仲間では問題になるだろう。馬鹿一は目に見えて元気になり、僕が渡した、あまり新しくない百円札を大事そうに持って子供のように喜んでいたが、それを人形のふところに入れてやって、

「褒美《ほうび》にあげよう」そう言った。僕は一寸顔をそむけたくなった。そして僕はすぐその画をまるめて、紙をもらってそれを包んで、帰ることにした。馬鹿一はいつもより丁寧に、まるで僕を御得意さんのように大事に送ってくれた。その露骨な態度が、いかにも無邪気で、俗気が微塵《みじん》もないのに僕は感心した。僕はすぐ家に帰らずに、真理先生の処に出かけた。真理先生は珍らしく今日は一人でいた。そしてよく来たと言って喜んでくれた。

二一

僕は早速馬鹿一の人形の画を見せた。真理先生は、

「中々いい画だ」と御世辞でなしに感心した。そして言った。

「石かきさん、気がちがったという噂を一寸聞いたのですが、本当ですか」

「誰から御聞きになったのです」

「愛子からだったかな、愛子が誰かに聞いたらしいのです」

「もっぱらそういう噂ですが、そんなことはないのです。今まで石許《ばか》りかいていたのが、急に人形をかき出し、その人形を子供のように可愛《かわい》がって、色々話しかけるので、皆、面白がって気違い扱いをしているのにすぎないのです。昔から変ですが、気がちがったわけではないのです」

「それならいいですが、愛子が時々往来で逢うと、へんな目で見られると言って、気味わるがるので、少しへんになったのかと、気にしていたのです」

「時々、愛子さんお逢《あ》いになるのですか」

「あれから三度位、逢ったらしいのだ。不思議に逢うので、気味がわるいと言っていた」

「大丈夫ですよ。だが先生が愛子さんに逢わしたのは少し薬がききすぎましたね」

「僕はそうではないかと気にしていたのだ。愛子を僕は少し買いかぶりすぎたようだ」

「愛子さんが悪いのじゃなくって、先生が余計なことをおっしゃったのが、よくなかったのですよ」

「後悔しているのだから、あまりせめないで下さい。僕はどうも、少しおしゃべりでね。そしてつい人を喜ばせたいと思う悪い癖がある。尤も石かきさんが、変りすぎていることをつい忘れたのがいけなかったのだ」

「でも石かきさんの画の為には反《かえ》ってよかったかも知れませんよ」

「そうあってくれれば、僕は実に嬉しいのだ」真理先生はそう言った。

二二

僕は真理先生と話しながら時々人形の画を見る。いくら見ても、いや見れば見る程へんに愛着を覚えてくる。

「いい画だ、不思議な画だ。僕は愛子を画いてもらいたく思ったのは、僕のたしかにしくじりだった。自分で他人のことを考えすぎた。そして愛子を子供だと思いすぎた。自分が画家だったら、愛子をかきたいと思った時があったのがいけなかった。今になると僕は石かきさんに愛子がかきたいと言われはしないかと恐れている。愛子は石かきさんを気味がわるいと言っている。気味わるがるのも無理もないと思うのだ。それに之は誰にも言ってもらいたくないのだが、そして僕が気がまわりすぎる質《たち》なのでそう思うのかも知れないが、愛子は好きな人が出来たのかも知れないのだ。少なくも精神的に僕からはなれて僕の言うことは昔程聞かなくなっている。お母さんも心配していた。僕は愛子を信用しているが、年齢というものは可笑《おか》しなものだよ」

「僕も石かきさんが、愛子さんをかきたいと言い出しはしないかと気にしているのです。でも大丈夫でしょう。かきたいと思っているのは事実でしょうが、一日、二日かけばいいという質ではありませんからね。かけば毎日、時を選ばずかけないと困る質ですからね。石ころや、人形でないと一寸かくことの出来ない質ですよ。当人そのことをよく知っていますから、遠慮して言い出すようなことはしないでしょう。でも人がいいことは無類です。そのかわり、あのムキさで執着されたら、大概の人は閉口しますよ。愛子さんがいやがる気持はよくわかりますよ」

「愛子をかきたいという人がいるので困っているのだよ。尤《もっと》もそれは二三日でかくと言っているのだが、あてにはならない」

「愛子さん承知したのですか」

「僕が承知すれば、承知すると言っているのだが、どっちでもいいらしいのだ。だがお母さんはまだ乗気にならないのだ。何しろ相手が若い人なのでね。尤も一人でかきたいと言うのではないのだ、三人でかきたいと言うのだ。まだ下手なのでね。僕はまだだめだと言ってやったのだが、勉強したいのだと言うのだ。でも勉強なら他にいくらも人がいるだろうと言ったのだが、かきたいらしいのだ。かきたい動機が何処《どこ》にあるか、皆いい人間にはちがいないが、齢《とし》が齢だからね。僕は愛子が誰かを好きになることには反対しないのだ。だがその誰かがまだ出て来たとは思わないのだ。だから僕は積極的な気持にはならないのだ。この人でなければと愛子が言い出せば別だが、だまされないだけの注意は必要と思っているのだ」

「中々心配ですね」

「別に心配はしないが、考えると厄介な問題だが、自然の方が、僕より利口だと思って、僕は安心しているのだ。愛子は馬鹿《ばか》じゃないから」

「先生の処には随分若い人が沢山見えていますから」

「一人選ぶとなると僕には駄目だね、やはり当人じゃなくってはね」

「愛子さんを恋している人はいないのですか」

「いないとは言えないね。困った問題だよ。だが困った問題だから、鍛えられる人は鍛えられるのだ。だから僕は真面目な男なら、どっちへころんでも損はしないと思っているのだ。人間をつくったものは、たしかに馬鹿じゃない。馬鹿なのは、考え不足の人間だけだ」

「考え不足の人間が多いのじゃないのですか」

「多いね。そういう人間に限って自分を自然より利口だと思っているのだから、救われないのだ。馬鹿なことを大事件と心得て、ムキになって謙遜《けんそん》な所のない人間が実に多いね。浅はかな感じのするものはそういう人間だ。恋愛至上説などを称《とな》える人間は、そんな人間だよ。失恋も時には大いにいいのだ。自然はどっちにころんだって人間を生かす道があることを心得ている。だから僕は心配しないのだ。苦しむのも悪いとは思っていないからね」

「先生は、もう一度若くなりたいと思いませんか」

「思わないね。尤も若くなれるときまったら、なりたいと思うかも知れない。僕は人生を愛している。自分が幸福すぎるからかも知れない。多くの人に愛されているということは実にありがたいことだ。だから安心して死ねると思うが、いつまでも生きていたいとも思うね。老年もまたいいものと思うね」

「食えなかったら困るでしょう」

「本当に食えなかったら困るね。だが僕は時々乞食《こじき》のような生活をして見たくなる。尤も今の生活だって乞食の生活かも知れないがね。随分贅沢《ぜいたく》な乞食だがね。そして勝手なことが言っていられて、皆に大事にされるのだから、僕はありがたいと思っている。皆がこうなればいいのだと思うよ。それだけすまない気もするし、皆の為《ため》に働きたくも思うのだ」

「日本はどうなるのかと時々思いますよ」

「それは僕も思うが、何とかなってゆくと思うね。虫のいい考えさえ起さなければね。皆と共に楽しみ、皆と共に苦しむ。その覚悟が出来れば渡る世間に鬼がないと思うね。自分が鬼になれば、世間の人も鬼になるがね。僕はおとなしくしていて、人になぐられたことはないね、この齢して僕はまだ本当の悪人に逢ったことはない。本当の美人にも逢ったことがないかも知れないが、いい人でない人には逢ったことがない。意地の悪い人も、残酷な人も、無情な人もいないとは言えないが、僕はそんな人にも殆《ほとん》ど逢ったことがない。弱い人、病的な人、考え不足の人には逢ったことがあるがね。こっちが怒れば相手も怒るが、こっちが怒らないのに相手が怒るということは滅多にないね。どんな相手にたいしても、静かに落ちついて、他人の心を冷静にし、正しくする。それができる人を僕は悟った人間と思うが、そういう人は少ないね。大概の人は相手の出様によって、すぐ興奮するね。そして興奮の競争をする。それが面白くない結果を生む場合が相当多い。僕はそういう人間になりたくないと思っているが、中々むずかしい」先生はそう言った。

「あなたはそれが出来るのではないのですか」

「中々出来ないよ。そうなりたいとは思っているが、相手がどう出ようが、自分はいつも正しい姿でいられる人間、そうなりたいと僕は思うのだが、時々自分でも恥かしくなるように興奮することがある。興奮出来なくなるのも困るかも知れないが、いい齢してつまらぬことに興奮するのは、見っともないね。僕はまだだめな人間だと思わないわけにはゆかない。だが自分が駄目な人間だとわかるうちは、進歩が出来ると、まあ思いはするが、恥かしい話さ。石かきさんはその点偉いと思うね。自分の仕事に没頭して、誰がなんと言おうとも、自分の道からはずれないからね。あの真剣さには頭がさがるよ。尤も一寸他人には通用しない処があるがね。ああいう人も一人はあっていい。今の日本でも百人位はあってもいい。もっとあってもいいのかも知れない。日本にはああいう人は少ないからね。しかし何百人もいたら一寸困るがね」

二人は笑った。

「今日はお客が珍らしく来ませんね」

「ああ、来ない時はへんに来ない。来る時は不思議にくるものだ。どういう加減か僕にはわからないが、何か潮の干満に似たようなものがあるのかと思うね。二日もつづけて誰も来ない日が一度あったが、へんな気がしたね。一寸《ちよつと》皆に見放された気がした。たまには一人でいたいと思うこともあるのだが、毎日誰かに逢っていると、誰も来ないと変だよ」

ところがその日も変でなかった。四五人の人が訪ねて来たので僕は帰る気になったが、僕はすぐ家に帰る気になれず、泰山に人形の画《え》を見せに行く気になった。

二三

その半時間後、僕は泰山と向いあいで話していた。泰山は馬鹿一の画を見て、始めは何とも言わなかった。そして無視しているようにそれを無雑作に、畳の上に置いた。僕はがっかりして、もっとよく見てほしいと思った。しかし黙っていた。泰山の頭の中には、何かかきたいものが一杯になっているようだった。しかし僕とつまらぬ世間話をしている時、泰山はこんなことを言い出した。

「昨日、若い書家が来て、今の人の書をどう思うか。今の書家は時代遅れになるのを恐れて、時代に遅れないような時代感覚にそった書を書こうとしていますが、あなたの書にはそんな所がちっとも見えていませんが、現代ばなれの書をかいていて、あなたは不安は感じないのですか、と言うのだ。僕はそれを聞いて驚いたね。僕は現代ということを忘れて字をかいていることに気がついたと同時に、現代というものが不滅のように思っているものに驚いた。僕は現代に生きていることは事実だが、僕の求めているのは、現代で終始するものではない。現代を貫いて生きようとしている本来の生命だ。人類の一番深い生命をさながらに紙上に生かしたくって書をかいているのだ。現代で満足するなら、書なんかやめて、ダンスでもした方がいい、ジャズの方が書より面白いに違いない。現代の調子にのって得意になれる人は書をやる必要が無いように思える。書を僕がやるのは人間らしく生きたいからだ。自分の全精神を生かしたいからだ。古代の人のように力強く生きたいからだ。時代にあわせて太鼓を叩《たた》きたいかららじゃない。この気持がわからない人に、僕の仕事はわかってもらう必要はないのだ。そう言ってやったら、驚いて、愛想をつかして帰って行った。あはははは」泰山は愉快そうに笑った。そしてその瞬間に泰山は馬鹿一の画に目がとまったらしい。改めて馬鹿一の画を取り上げて見ていた。少し遠くにして見たり、近くにして見たりした。そして言った。

「不思議な画だ。実にまずい画だ。だが何という誠実な画だろう。僕が望んでいる世界はこういう世界だ。だが僕はもっと上手な、腕も冴《さ》え切ったものを望んでいる。下手ということはほめるわけにはゆかない。しかし不誠実な人間の多い世の中に、こんな画をかいている人間もいると思うと、世間は広いという気がするよ。僕は時代遅れを心配する人間よりは時代を超越するこういう人間の方を愛する。だが、この画は下手すぎる。頭がいいとは言えない。線もまだ冴え切っていない。頭も冴えていない。その点は惜しい。僕の兄貴の腕がこの画家にあるか、僕の兄貴に、この馬鹿見たような誠実さがあったら、僕はその人に頭を下げるが、中々そういう人間は出て来ない。残念なことだ、兄貴にこの画を見せたら感心するかも知れない」

泰山はそう言った。そして泰山はなおもその画を見入るのだった。

「惜しい、この人に才能があったら、どんなにいいだろう。僕の母は天は二物を与えない、とよく言った。誠実のあるものには才能がなく、才能のあるものには誠実さがない、しかし二物を持つものもないとは言えない、そういう人はただ稀有《けう》なだけだ。しかしこの人は君の言う通り、大した勉強家なら、そのうちに特殊な才能があらわれ出すかも知れない、そうなったら、大したものが生まれ出すかも知れない。そうあってほしいものだ。よかったら一つこの画を兄に見せてもらおうか、僕がすすめたとは言わないでね」

僕は勿論《もちろん》承諾をした。

二四

それから又一時間後には、僕は白雲子を訪ねた。白雲子は運よく家にいた。仕事に疲れて休んでいた処《ところ》だ。運のいい日は運のいいものだ。馬鹿一、真理先生、泰山、白雲子皆家にいた。そして僕を歓迎してくれた。一日中にともかくこういう現代には珍らしい人物を次ぎ次ぎと訪ねて、何処でも喜んでもらえる自分は幸福に思える。この四人のうちで、白雲子だけは現代的に成功者と言える。生活も現代としては贅沢に生活している。彼は元来日本画家であったが、今では油画の方を主としてかき、日本画の方は頼まれればかくという有様だ。彼は誰という先生も持たず、外国へも行ったことはなかったが、特別の才能に恵まれて、今日の成功を得たのだった。人々は彼の日本画を珍重した。しかし彼自身は、この頃油画の方に力を入れている。しかし日本画の方がものになっているというのが定評になっていた。彼の弟子も日本画をかく人の方が多かった。しかし彼は油画をかく方が自分の全力が出し切れると言っていた。しかし日本画の方が有名すぎるので、油画の方の真価を認める人は少なかった。そして油画をかく方に時間をとられることを惜しむ人が多かった。しかし如才ない彼はそれ等の人に言った。

「油画をかくことで、私の日本画は進歩するのです。いろいろの見方を会得《えとく》するのに、油画をかくことは役に立つのです」

人々はそんなものかと思った。しかし白雲子は中々の人物だから、人々を煙に巻くことなぞはお手のものだった。しかし彼は不誠実な男ではなく、自分の欠点を知らない男でもなかった。そして又非常な勉強家でもあり、親切な男であり、それ以上弟の泰山と違って、他人に対して非常に寛大な男だった。同時に中々の利口者でもあった。今日逢《あ》った人々のうちでは、一番世間人だと言えるかも知れない。僕が馬鹿一の画を見せると、始めは微笑して、

「之《これ》が、君からいつも噂《うわさ》で聞いている、馬鹿一さんの画なのだね。確かに変っているね。しかし中々いい画だね。ただ惜しいことにはデッサンが本当に出来ていない。いくら誠実にかいても、デッサンの勉強が出来ていないと、何処か一人よがりになる。この人が本当にデッサンを勉強したら、随分しっかりした画が出来ると思うね。こんなにひつっこく人形と取組んでかくことは、大概の人は馬鹿気て出来ないものだが、この人の打ちこみ方は大したものだね。見れば見る程、この人の誠実さには打たれるね。少しのごまかしもない。ただ全体のつりあいがとれていない、部分にひっかかりすぎている。余りムキになりすぎて、人形のふっくりさが出ていないが、しかし真剣さには打たれる。僕ならこの人にモデルを見てデッサンからやりなおすことをすすめたいね」

白雲子はへんなことを言い出した。

「この人にモデルをかかしたら、どんな画をかくか。まだモデルをつかって画をかいたことがないのだろう」

「そんなことを考えたこともないでしょう」

「一度、モデルをつかってかくと、自分の見方が、どの位不正確で、部分にひっかかっているかがわかると思うね、この人の誠実さで、写生力で、モデルをかいたら、きっと勉強にもなるし、面白いものも出来ると思うね」

「でも、それは無理ですよ」

「どうして」

「金もありませんし、モデルなんかつかったらどんなことになるか、非常識なんですから」

「モデルなら、僕が世話してもいいよ。ところでこないだ泰山に聞いたのだが、すばらしい娘を君が泰山の処につれて行ったそうだね。泰山は、近頃あんな感じのいい娘を見たことはないと言っていた。真理先生の何かになるのかい」

「別に血の関係はないのですが、まあ、真理先生を父のように思っている娘です。実際いい娘です」

「話を聞いて一寸かいて見たい気もしたし、もしまだきまった人がなければ、僕の息子の嫁に貰《もら》ったらどうかと泰山が言うので、一度あって見たいとも思っているのだが、どんなものかね」

「それはいい娘ですが、承知するかどうかわかりませんね。何しろその娘に気のある若い人が相当真理先生の周囲にいるようですからね」

「一寸様子を聞いてもらえないかね。泰山があまりほめるのでね。あいつは滅多にほめない男だが。僕が若かったら、夢中になったろうと、そう言っていた」

「そうですか、私には何にもそんなことはおっしゃいませんでした」

「泰山は自分の処《ところ》に子がないので、僕の子を自分の子のように可愛《かわい》がってくれてるのだ」

「そう言えば、いつか泰山さんの処で、先生の息子さんにお逢いしたことがございました。随分立派な方ですね」

「親の目から見ると、まあ親まさりの子供になりそうに見えるのだよ。画をかかしても、僕よりはうまくなりそうだし、性質だって悪くはないと思っているのだ」

僕は二三度その息子さんに逢って、好意を持っていた。愛子さんにとって、決して悪い話とは思われない。しかしそれだけもしこの話が実現されたら、真理先生の周囲にいる若い人から、憎まれそうに思われ、困った話だと思った。

「真理先生に話しだけして見ましょう」と言った。

「馬鹿一さんがモデルをつかう気があれば、僕はいつでもお世話するよ。モデル代は画で払ってもらえばそれでいいよ。どうせ僕の処に始終来てもらっているのだから」

ともかく変なことになったものと思った。僕はこんな厄介なことに関係したくないと思った。運のいい日だと思った日が、こんな思いがけない結果になって、僕は疲れた気持で家に帰った。

その晩僕はいろいろ考えた。いくら考えても僕にははっきりした考えは浮ばなかった。自分が当人ではないからである。そして厄介な話と思った。

二五

翌日僕はどうしようかと考えたが、考えても切りがないので、真理先生にぶつかって、駄目ときまれば、反《かえ》ってそれもいいと思った。愛子さんのことは勿論、モデルの話も真理先生に相談するのが、一番早道だと思った。真理先生は家にいたが四五人の若い人が来ていた。若い女の人もまじっていた。若い女の人が、「愛子さんは」と聞いた。

「今朝からまだ姿を見せないのです」

「お呼びしてようございますか」

「勿論、悪いわけはありません。当人に聞かないとわかりませんが」

「それでは一寸お訪ねして来ます」若い女の人は出かけて行った。まもなく二人で帰って来た。

自分はあらためて愛子さんを見た。今更に愛くるしい娘だと思った。泰山は中々隅におけない男と思った。何にも気がつかない顔をしながら、愛子さんのいい処をすっかり見てとったように思われる。始めてあった時は、まだ堅い蕾《つぼみ》のような処があったが、一寸の間にほころびかけた蕾のような美しさが感じられ、身体《からだ》も豊麗に成熟し切って来た。さぞ美しいだろうと思われる。

誰でも愛子さんを見れば、愛したくなりはしないかと、齢《とし》とった僕にも思われる。滅多に出逢うことの出来ない美しさである。愛子さんは自分では自分の美しさを感じないようだ。少なくとも甚《はなは》だ無邪気である。すました所が少しもないのだ。愛子さんは呼びに行った娘さんと楽しげに話していた。若者達は見ないでよそうと努力しながらも、見ないわけにはゆかないらしかった。僕もつい見る。皆は愛子さんが出現してから、目に見えるように快活になった。

真理先生だけは、別に変っては見えなかった。実際人間の顔というものは不思議なものである。クレオパトラの鼻がもう少し低かったら世界の歴史は変ったろうと言われている。なぜそんなにまで美しい顔というものは魅力があるのか。考えれば顔が美しいのを見たからといって腹がはるわけでもなく、別にこっちの人間が変るわけでもないように思うが、しかし美しいという力は理窟《りくつ》ではなく、事実である。顔の美しい人は仕合せであるか、不仕合せであるか、僕は知らない。性質のよしあしも顔には関係がないと思われる。顔などどうでもいいと言う人もあるが、しかし美しい人の魅力は否定は出来ないのだ。見ないとわからない、想像は一寸《ちよつと》出来ない、しかし見れば、その魅力からのがれることはむずかしいのだ。

愛子さんは自分では別に意識していないようだ。優しい性質は自《おの》ずと顔の表情にあらわれているが、しかし愛子さんの美しさはその性質で説明することは出来ない、表情の美しさと調和しているが、美しくない人に心の美しさが宿っていないとは言えない。顔は美しいが、心は冷たいという人もある。顔の美しさと心の美しさは必ずしも一致していない。又顔の美しさと身体の美しさも一致しているとは言えない。だが美しい顔の魅力は否定出来ない事実である。僕には愛子さんの美しさを口で言うことは出来ない。ただ時々見ないわけにはゆかないし、見ると不思議に美しいと思う。たしかに僕が画家だったらかいて見たいと思う。僕は其処《そこ》で思い切って言って見た。

「愛子さん、あなたは白雲子の画《え》をどうお思いになります」

「私、大好きですわ。泰山先生のお兄さんでしょ」

「ええ、そうです。泰山があなたのことを大変ほめたらしく、あなたに一度あいたいと言っていました」

「私も、一度先生にお逢いして、御弟子にして戴《いただ》きたいと思っていたので、いつか山谷さんにお願いして見たいと思っておりましたのです」

「そうですか、そしたら白雲子大いに喜ぶでしょう」

するとし、若い男の一人が言った。

「愛子さん、あなた本当に白雲子の画が好きなのですか」

「ええ」

「僕は大嫌いですよ、先生はどうですか」

「僕はよく知らないね」

「美人画をよくかく人ですよ」

「美人画許《ばか》りかく方ではないわ」

「でも美人の裸なぞもかいていましたよ」

「それはおかきになることもありますが、薔薇《ばら》や、牡丹《ぼたん》や、菊をかいた画にいいのがありましたね、本当に目が覚めるような」

「そうかなあ、愛子さんがそんなに白雲子の画が好きだとは今迄《まで》知らなかった」

「誰にも言わずに、一人で好きだったの」

「あんなのが好きじゃ困るな」

「御気の毒ね。でも私好きだわ。誰が何と言っても好きよ」

「大変な好き方ですね」

「私、本当はあの方の個展を見てから、画をかく気になったのよ。あんな画がかけたら楽しいと思いますわ」

「愛子さんはまだ本当にいい画を見たことがないから、あんな画に感心するのですよ」

「そうかも知れませんが、私は白雲先生の画大好きだわ」愛子は平気でそう言い切った。

「そうかなあ、僕は大嫌いだがなあ」

「あなたがお嫌いになったって、私は好きよ、山谷さん、一度私を白雲先生の処に是非つれていって下さい」

若者は怒ったような泣きそうな顔をしたが、愛子は気がつかないように、無邪気にしていた。真理先生は黙っていた。まもなく若い人達は帰って行った。真理先生は言った。

「愛子、今日のお前のものの言い方は、少し乱暴だったね」

「そうでしょうか。あの方は一寸変なのよ。だから私、わざとはっきり言ったのよ」

「へんなのか」

「私に手紙をよこして、自分達の画会に入るように薦《すす》められたのですが、その画会の画は私にはちっとも興味が持てなかったのです。それに私をさそってくれたのも、どうも私には何か他に目的があるように思われたのです。悪い方じゃないけど私は好きになれないのです。私は先生がおっしゃる通り、自分に正直になるのが一番本当と思っているのです。あの方は私に白雲先生の悪口を今までに何度もおっしゃったのですが、私はへんに白雲先生の画が好きなのですから、仕方がないのです」

「勿論《もちろん》、お前が心からそう思うならそう思うより仕方がないが、あの人達にはあの人達の考えがあるのだから、軽蔑《けいべつ》してはいけないよ」

「軽蔑はしませんが、向うで軽蔑して来たらどうすればいいの」

「軽蔑されていればそれでいいのだ」

「軽蔑されるのはいやですわ」

「それなら、いい画をかけばいいのだ。どっちが本当か、どっちも嘘《うそ》か、それは後になって見ないと解らない。ただお前はその時、その時の自分に正直になって、勉強してゆけばいいのだ」

「白雲先生のお弟子にして戴いていい？」

「それはいいよ」

「嬉《うれ》しいわ」

僕は白雲子の言った言葉を真理先生に言う気になれなかった。白雲子が愛子さんに逢《あ》った上で、話はどう進むか、その進んだ工合《ぐあい》で話をしてもいいと思った。白雲子は馬鹿一とは違い、常識も発達している男だから、話せばなんでもわかる男だ。愛子さんに逢っても、愛子さんの意志に逆うようなことは全然しない男だ。だから愛子さんの方で何にも知らずに来たことを話せば、万事そのつもりでなりゆきに任せるであろう。愛子さんも自分をしっかり持っている人で、感情に走りすぎる人ではない。僕も愛子さんの幸福こそ願え、その他のことは考えない男だ。愛子さんを守って、不幸にさせないつもりだ。真理先生もそれを信じていてくれる。

二六

その後二三日たって、僕は白雲子と打合せして、愛子さんを白雲子の処につれて行った。愛子さんは興奮しているようだった。白雲子はいつもよりなお愛想よく僕達を迎えてくれた。そして愛子さんを自分の画室に連れて行って自分の所蔵している色々の画や、自分の画を見せた。僕は始めて見るものが多かった。僕は何度このアトリエに通ったか、しかし今日程丁寧にこのアトリエを見たことはなかった。彼の近頃の画はたしかに一進歩していた。今までの達者な処は目立たないが、しみじみした味が出て来た。一寸見ると前より平凡に見えた、色彩などそも美しいとは言えない。しかし実によくものの真髄を捕えている。動かせないものにぶつかっている感じだ。若い時の作には大作が多かった。百号位の画も彼は平気でかきこなしていた。しかし最近は三十号以上の作は殆《ほとん》どなかった。そのかわり丹念にかきこんである。一寸見ると新しい画とは思えない、地味な画である。しかしこの位、よくものを見て、さながらに、質まで出している画は少ない。愛子さんが油画の方をやりたいと言うので、白雲子も油画の方だけを見せたのだ。また最近の作は大がい油画だったのも事実だ。愛子さんはもとより興奮していた。しかし白雲子はなお興奮していると言ってもいいかも知れない。たしかに愛子さんは彼に気に入ったらしい。彼はじろっじろっと愛子さんを見る。その目の鋭さ。

彼はとうとう言った。「あなたの顔をかかしてくれませんか」

「どうぞ」愛子さんは嬉しそうにそう言った。

「この静物を二三日でかき上げますから、御都合がよかったら、今度の月曜日から来て下さい」

「承知しました」

「お母さんに御相談なさらないでもいいのですか」

「大丈夫です。反対する人もあるかも知れませんが、どうせ暇なのですから、御都合のいい時、いつでもお伺いします」

「午前に来て戴けますか」

「ええ」

「あなたの顔は日本人には珍らしい立体的な顔です。その感じが出して見たいと思うのです」

白雲子は、へんなことを言うなと思った。愛子さんは画を一ト通り見ると、邪魔しても悪いと思ったらしく、帰ると言った。白雲子もとめなかった。

「それでは月曜日に待っています」と言った。

「はい、必ず参ります。病気でない限りは」

「あなたは御丈夫なのでしょ」

「ええ、滅多に病気はいたしません」

僕も一緒に帰ろうとしたら、白雲子は、

「君はまだいいじゃないか」

「一人で帰れますね」

「ええ」愛子さんは笑って言った。

「道はわかっていますね」

「ええ」愛子さんはそれ以上のことは言わずに帰って行った。

「実にいい娘さんだね。泰山がほめていた以上だ」白雲子はすっかり満足していた。

二七

その晩だったと思う。僕の処《ところ》に一人の若い男の人が訪ねて来た。真理先生の処で時々逢う人で、真理先生も望みをおいている一人の人で、感じの馬鹿《ばか》にいい青年で、僕はあまり話したことはないが、好意は持っていた。しかし先方では僕なんか眼中にないように見えた。少なくも馬鹿にしているのではないかと思っていた。その青年がわざわざ訪ねて来たので、何の用かと思った。

青年は僕と差し向いになったが、中々口を切らなかった。決心して何か言いたそうな様子だが、言いかけてはやめた。

「何か御用なのですか」

「こんなことを先生に言うのはどうかと思いますが、一寸先生に知っておいて戴く方がいいと思うので、真理先生には勿論、友達にも内証《ないしょ》で来たのです」青年はそう言って、話し出した。

「愛子さんのことですがね。僕の友人に愛子さんを夢中に愛しているものがあるのです。その友人は、僕達が一番信用している友人で、真理先生も一番望みをおいている方と思うのです。ですから愛子さんにとっても実にいい相手と思うのですが、愛子さんはまだそのことを御存知ないらしいのです。僕達の見る所では愛子さんの方では、まだそのことに気がついていないらしいのです。僕の友達もそれでいらいらしているのですが、愛子さんに愛されていないと思っているのです。それで僕は愛子さんがその友達を好きになってくれるように、骨折りたいと思っているのです。ところが、愛子さんは、白雲さんのお弟子になったそうですが、僕はその結果、愛子さんが、僕の友達以外の人が好きになりはしないかと思うのです。それを僕は心配しているのです。愛子さんが、真理先生の仲間よりも、白雲さんの御弟子達の方に、気のあった人が出来はしないかと、それが気になるのです」

「そんなこと気にしないでいいのじゃないですか」

「それは愛子さんの自由ですがね。しかし僕の友達にとってはどうでもいいとは言えないのです。本当にむきなのですから、何とかしてものにしてやりたいと思うのです」

「それなら愛子さんに話したらどうなのです」

「今話せばぶちこわしになると思います」

「それならどうしてほしいと言うのです」

「先生に、僕の友達の味方になってほしいと思うのです」

「それは御約束出来ません」

「友達を御存知ないので、先生はそんな冷淡なことがおっしゃれるのです。真理先生も、二人の話がうまくゆくことを望んでいらっしゃるのです」

「先生がそれを望んでいらっしゃれば、大丈夫と思いますがね」

「真理先生もそれを望んではいらっしゃるのですが、本人の意志次第だから、強制は出来ないとおっしゃっているのです」

「その男の人はどなたです」

「先生は御存知ないかも知れませんが、実に真面目《まじめ》な頭のいい、人間もしっかりしている、僕達が一番信用している人です。稲田という人です。今度つれて来ます」

「稲田君なら僕も知っています。真理先生はいつもほめていらっしゃいます。一寸《ちょっと》気難かしい方でしょ。あの人がそんな熱烈な恋をするとは一寸考えられませんね」

「僕も話をきいた時はおどろいたのです。でも、実に真剣なので、何とかして幸福にしてやりたいと思っているのです」

「愛子さんの方では気づいていないのですか」

「少しは気づいているかと思うのですが、今の処何とも思っていないのは事実です。愛子さんの方が好きになれば問題はないのです」

「愛子さんを好きな人は他にいるのじゃないのですか」

「それはいるかも知れませんが、稲田程、熱心なのは他にいないと思うのです。少なくもあの位、本気に愛子さんのことを思っているものは他にないと思うのです」

「愛子さんは稲田のことは何とも思っていないのですか」

「真理先生が、一寸聞いて見たそうですが、今の処は望みはないらしいのです。稲田を尊敬はしているらしいのですが、愛してはいないらしいのです。稲田は一寸女に好かれる質《たち》ではありませんからね。でもあんないい奴《やつ》は他にはいません。実に誠実な男で、勉強家で、頭がよくって、勇気もあるのですから」

「いい方ということは僕も認めますよ」

「僕はどうも白雲先生の処に愛子さんが画《え》を勉強しにゆくことには、賛成出来ないのです。愛子さんが不幸になるような気がするのです」

「そんなことはないでしょう」

「白雲子は他のことはともかく女のことでは信用出来ない人ではないのですか」

「そんなことはありません。非常識な男でもありませんし、他人を不幸にする男でもありません」

「周囲に集まっている人も信用出来ないのではないのですか」

「そういう人もいるかも知れませんが、愛子さんなら大丈夫ですよ」

「僕にはそうは思われないのです。ともかく今度のことは先生の責任ですから」

「それは愛子さんを不幸にしないためには出来るだけ骨折ります」

「稲田の味方になってやって下さい」

「その点は、僕は受けあうことは出来ません」

「僕がこんなにおたのみしてもですか」

「僕は愛子さんの味方にはなるつもりです。あの人を幸福にしたいとは思いますが、稲田君を好きになれとは言えませんからね」

「僕だって愛子さんの愛情を強制しようとは思いませんが、何とかして稲田を喜ばしてやりたいと思っているのです」

「君の気持はよくわかりました。責任はもてませんが、稲田君のいい人だということは認めていますから、積極的に悪いようにはしません。でもそれ以上の責任は持てません」

「私達の気持さえわかって戴《いただ》けば、それでありがたいのです」

稲田の友達の森村はそう言って帰っていった。

二八

それから四五日して僕は真理先生を訪ねたが、先生はいい処に来たと歓迎してくれたが、愛子さんのことを話して、「困ったもんだ」と言った。別に困っているようにも見えなかったが。

「どう困ったのです」

「いや白雲子が愛子に夢中らしいのだ。いろいろのものをもらってくる。白雲子の画をもらってくるのはいいとして、愛子には派手すぎる着物までもらってくる。お父さんのような方だと言って、愛子の方も夢中になって喜んでいるらしいのだ。今迄《まで》の生活が、愛子の性格には少し窮屈だったらしいのだね。すっかりいい気持になっているらしいので、昭子も、僕も一寸手がつけられない感じなのだ。だが当人は喜んでいるし、別に心配することもないので、当人の好きなようにさせているが、一寸どうかと思うね」

それで僕は黙っていられないので、こう言った。

「このことはまだお話しするのは早いのですが、黙ってもいられないので、先生にだけ一寸お知らせしておきますが、白雲子は泰山が愛子さんのことをあんまりほめたので、自分の息子のよめにどうかという気があるらしいのです。愛子さんの顔が気に入って画をかきたいのも事実ですが、本当の目的は其処にあるらしいのです」

「その息子さんはいい方なのか」

「立派な人です。お父さん以上に有望だという評判です」

「そうか、それで、よく事情がわかる。だがそのことを前に話してくれたら、僕はそう簡単に愛子が白雲子の処にゆくのを承知しはしなかったかも知れない。僕は愛子をやりたい人があったのだ。だが愛子はどうも乗気にならないらしいのだ」

「困った問題ですね」

「恋愛問題は簡単な問題だが、又厄介な問題だよ」

「簡単な問題じゃないでしょう」

「両方が好きで、生活が安定していれば、簡単な問題だよ。だが両方が本当に好きになれない場合、いろいろの事情が入ると厄介になる。だが僕は愛子に本当に好きな人が出来たら、その男が特別に悪い人間でない限り、詐欺漢《さぎかん》でない限り、反対はしないつもりだ」

「その時、先生がやりたいと思っている人はどうなります」

「仕方がないね。失恋するのは当然なことと思うね。それで駄目になるようなら僕は始めっから信頼しない。反って立派な人間になるだろう。一時は随分参るだろうが、人生は一度参りきった者でないと、本当のことはわからない、僕はそう思っている」

「先生も随分失恋では参ったことがあるのでしょう」

「そんなことは聞くものじゃないよ。僕は捨てる神あれば、拾う神ありという言葉を信用しているよ。だが愛子はお父さんに似て、あれで中々贅沢《ぜいたく》なことも嫌いじゃないのだ。珍らしくいい奴、仕合せにしてやりたいと僕は思っているのだ」

「仕合せになりになりますよ」

「未来は誰にもわからない。だがあいつは仕合せになっていい人間だと思っている」

「喜んでいらっしゃるのですか」

「喜んでいるらしいよ。白雲子は実際、うまいね。達者なものだね。石かきさんの方に好意は持つが、白雲子のこの頃の作には輝く才能があるね」

「この頃一段と人間もよくなったようです」

「あんな窮屈でない男は見たことがない、愛子はそう思っている。僕の生活から見ると、別天地のような生活らしいね。僕はあんな生活は嫌いだが、若い者には魅力があるらしいね。集まってくる若い者達も、ここに集まってくるのとは、大へんなちがいらしい。今に愛子も、ここは又ここで、実にいい人が集まっていることに気がつくと思うが、今は籠《かご》から青空のもとに飛び出したように、何事も珍らしく愉快らしい。それに皆に大歓迎されているらしいのだ。自分の美しさも、今迄はあまり気がつかなかったらしい。白雲子の奥さんに、お化粧してもらって、白雲子の選んだ着物を着て、画をかいてもらっているらしいのだが、すっかり自分に見とれた形だよ。今迄しゃれるということをまるで知らなかったし、馬鹿《ばか》にしていたのだが、当人もしゃれる気になったらしいのだ。僕でも一寸見ちがえる。君なんか見たら驚くだろう」

「拝見したいものですね」

「もうじき帰ってくるだろう。昼飯をよばれて、ゆっくり帰ってくるから、二時近くなる」

「それでは一つ拝見しておどろかしてもらいますか」そう言っている時、元気に、「ただ今」と言って当人が入って来た。僕がいるので驚いたらしかった。しかし僕の方がなお驚いたのである。

別に目立つ程白粉《おしろい》をつけたわけではない。しかし今迄、自然のままでしゃれた処がまるでなかった、そして其処に健康な美しさを感じていたのだが、薄化粧した愛子には又今迄には気がつかなかった美しさ、婉《えん》な美しさがあらわれて来た、一時に花が咲いた感じだ。

「先生がいらっしたの、先日はいろいろお世話になりました」

「どうです。苦しくはありませんか」

「いいえ、本当に仕合せにしております。先生がそれは親切にして下さいます。何処《どこ》へ行ってもいい方許《ばか》りで、私は本当に仕合せに思っております」

「画は出来ましたか」

「四号の画が、今日で出来上りました。それはよく出来ました」

「まだゆくのですか」

「今度は、もっと大きなものをおやりになりたいとおっしゃっていらっしゃいました」

「大変ですね」

「でも本当に楽しみですわ」

そんな話をしている所に、森村が稲田と来たのである。困ったことが出来たと思った。だが先生は平気で二人を室に通した。愛子も平気だった。気のせいか、稲田は少しあわてていた。

僕は始めて稲田を注意して見た。僕は一目で女に好かれそうもない人間と思った。たしかに醜いという方があたっている気むずかしい顔をしている青年である。だがよく見ると捨て難い精神的な、寂しい表情の内に、誠実さが感じられ、積極的な精神力の強そうな、たのもしさを感じさせる、賢そうな顔をしている。無限の寂しさは、見る者の心を冷たくさせると言いたい程、何か考えている感じだ。時々愛子の方を見るが、無邪気に話しかけることは出来ないらしい。其処《そこ》へゆくと愛子の方は無邪気で、眼中に稲田はないようだ、誰が見ても、愛子は稲田を愛しているとは思えない。愛子は先生に甘えるように言った。

「白雲先生がね。今日私の画が思ったより気持よく出来たというので、明日は一日仕事を休んで、五時頃に私に来てくれ、御馳走《ちそう》をしたいとおっしゃるの、そしてよかったら芝居につれていって下さるとおっしゃるの、いってもいいでしょ」

「帰りがおそくなりはしないのかい」

「帰りは、白雲先生の息子さんがおくって下さるとおっしゃっていらっしゃいました」

「息子さんに逢《あ》ったことがあるのかい」

「まだお目にかからないのですが、大変評判のいい方ですわね」

それ等の話は実に無邪気な会話であった。だがそれを聞かされている稲田のことを思うと、僕には聞くに耐えない話と思われ、稲田の顔を見ないわけにゆかなかった。その瞬間勘の早い稲田は僕の顔をさぐるように見た。二人の視線が合った。何にも感じないように僕は表情を注意した。だが稲田がさみしさを耐え兼ねていることは感じられた。僕は稲田に同情しないわけにはゆかなかった。真理先生は黙っていた。

「いっていいでしょ」

「お前の勝手にしたらいいだろう。お前も若くはないのだから」

愛子は、

「そうね。私考えて見るわ、そしてお母さんに相談して見るわ」と言った。そして皆に丁寧に挨拶《あいさつ》して帰って行った。一座は一寸白らけた。森村は僕の処《ところ》に来たことを二人にかくしているらしく、その点にふれなかった。先生は言った。

「あいつのいつまでも無邪気なのにも困るよ」

誰もそれに答えなかった。真理先生は急に真面目《まじめ》な顔になって話し出した。

「現実というものは時によると、非常に厳しいものだ。僕達日本人は少し楽天的すぎる処があって、現実をあまく見すぎる恐れがある。戦時中もその為《ため》に反って多くの犠牲者を出した。又結果の恐ろしさを知らずに、馬鹿な真似《まね》をする者が出て、その為に恐ろしい犠牲者が出ることがある。つい運命に甘えて、そんなひどい目にはあわさないだろうと思う。又実際、もっとひどい目に逢っても仕方がないと思う者が、わりあいに無事にすませている場合が多い。しかしだから現実を甘く見ていいということはない。僕達は真理だけ信じて、現実に甘えないことが必要だ。そしてどんなことが起っても、それを自分の生長の糧《かて》にして、進むことが出来るものだけが、最後の勝利を得る。人生は甘く見てはならない。僕なぞも甘く見すぎて、ついひどい目に逢ったこともあるが、この頃は甘く見ないことにし、どんなことが起っても、驚かない修業をしている。まだだめだが、修業しているという自覚だけでも、この世に生きる希望を与えてくれる。君達はまだ若いから、之《これ》から本当に苦しまなければならないと思うが、どんなに苦しくっても、それを修業と心得て一歩も二歩も進んで貰《もら》いたい。僕達は人間として生きている間は、人間の為に尽したいと思っている」

「先生のおっしゃることはよくわかります。僕達も出来るだけ、修業したいと思います。人生は道場だと思います。でも辛抱出来ない時があると思います。そういう時はどうしたらいいのです」

「泣くさ、泣けるだけ泣くさ。辛抱出来ることは僕達を再生さす力はない。人生に辛抱出来ないことがあるので、人間は再生出来るのだ。辛抱出来ない目にはあいたくないが、そんな目にあって再生出来た者は、真人《しんじん》と言っていいのだと思うね、僕も何度かそういう目に逢って今日の自分になれたのだ。まだまだ自分が駄目なことは知っているが、最後の修業をさせられているといつも思って、真理を唯一《ゆいいつ》のたよりとして、生きぬいてやろうと思っているのだ」

二九

僕は真理先生の帰りに白雲子の処に一寸《ちょっと》寄って見た。白雲子は僕のくるのを待っていたと言って今迄になく歓迎してくれた。そして、「之をかいた」と言って、愛子さんの肖像を見せてくれた。それは応接間の壁面にかけてあった。今迄其処には白雲子の一番得意だった風景がかけてあった。僕は画《え》のことはわからない。画家の友達は多いから、いつのまにか、画のよしあしは自己流にはわかるが、しかしそれがどの程度かわからないが、しかし白雲子の画には頭から感心した。今迄《まで》の画には何処か美しく見せようとする努力が感じられたが、之は実に素直な、しんみりした画だが、それでいて不思議に美しく、生々して、愛子さんが其処にいて今にも話しかけそうだ。そして実に人のよさが出ている。僕は感心して見ていると、白雲子は、「どうだ」と聞いた。

「先生の画としては珍らしく写生で、しみじみした感じがしていますね」と言った。

「生きているだろう」

「生きています」

「僕の画で、この位正直に我を忘れてかいたものはあるまい」

「先生御自身もそうお思いになりますか」

「之は君のおかげだよ」

「それはどういう意味です。皮肉じゃないでしょうね」

「心から感謝しているよ」

「いいモデルをお世話したからですか」

「それも無論ある」

「その他にもあるのですか」

「石かきさんの画を見せてもらったのが、原因している」

「おほめにならなかったじゃありませんか」

「ほめなかった。ほめられないものだと思った。だが君が帰ったあと、あの画が不思議に頭に残った。それでも僕は別に大した画とも思わなかった。だがこの肖像をかき出すと同時に、石かきさんのことが、へんに頭に浮んで来た。同時に君に見せられた人形の画が頭に浮んで来た。そしたら僕は何か今迄会得《えとく》出来ないものを、会得出来た気がした。誠実一点張りで、一つ愛子さんの顔をかいて見ようと思った。それには又愛子さんの表情が誠実そのままなのも原因していたろう。今迄僕はこんなに謙遜《けんそん》な気持で、画をかいたことはなかった。何処か美化しようという、思い上った処があった。美化する必要のないものを、実におののき畏《かし》こんで僕はかいたのだ。この気持を本当に教えてくれたのは、あの人形の画だ」

「そうでしたか。私のあやまちの功名でしたね」

「あやまちかどうか知らないが、君がいてくれて、この画が出来たことはたしかだ。

そしてこの画から僕が再出発することも事実と思う。新しがる気は昔からないし、僕の柄でもない。真実を追求してやまないことで、日本的な写実を一つうち立てて見たいと思っている。石かきさんを先駆者としてね」

「石かきさん、大変なことになりましたね」

「誠心誠意、それと真剣に目的に向う努力、それ以外何ものも持っていない人間が、この今の日本にいてくれたことを僕は奇蹟《きせき》のように思うね」

「先生は、石かきさんをいつのまにか、理想的な人間にしてしまいましたね」

「少しそういう気味があるかも知れないが、僕に自覚を与えてくれたことは事実だ。一度石かきさんに逢いたいと思うね」

「お逢いになると、がっかりされはしませんか。少し足りない処がありますからね。いくら好意を持って見ても、少し変りすぎています」

「今に、君をおどかすことがあるかも知れない。僕はあることを計画している。少し質《たち》がわるいかも知れない」

「それは何のことですか」

「まあ、今にわかるよ。それより愛子さんには僕達はすっかり感心したよ。息子も夢中になっているらしいし、愛子さんの方でも満更ではないようだ。この方も、君に大いに感謝しているのだ」
「それは泰山先生の働きで、僕の働きではありません」
「しかし泰山の処へつれていったのは君だろう」
「それは真理先生の指図《さしず》です」
「それにしたって、君がいなければ、愛子さんの存在を僕達は知ることは出来なかったのだから」
「ところが、私はそのことでは困っているのです」
「どうして困っているのだ」
「愛子さんを好きな人に恨まれそうなのです」
「愛子さん、好きな人がいるのかい」
「いいえ、愛子さんを好きな人がいるのです」
「それで愛子さんの方はどうなのだ」
「何とも思っていないらしいのです」
「それならなんでもないじゃないか」
「それでも私が余計なことをすると言って、その友達から注意されたのです」
「それは君は困ったろう」

「別に困りもしないのですけど」

「それならいいじゃないか」

「でもその男の人は、実にいい人で、真面目なんで、真剣に苦しんでいるらしいのです」

「それでも愛子さんは何とも思っていないのだろう」

「その人は、女には好かれそうもない人なのです」

「それなら自業《じごう》自得じゃないか」

「でも気の毒は気の毒です」

「気の毒な人はいくらでもいるよ。愛される資格がなくって、愛するのは、愛するだけで満足しなければならない」

「先生、それで満足出来ますか」

「出来ないね。だがその代り、うんといい画をかいてやる。その人だって、本当にいい人なら、本当に人格を鍛えられることになるよ。心配することはない」

「他人のことだと皆そう言いますが」

「その代り、鍛えられることもない」

「先生のお子さんと、愛子さんとはもうお逢《あ》いになったのですか」

「ああ、逢ったし、話もどんどんしている、愛子さんの顔のスケッチもしたらしい。僕には見せないが。この画には随分感心して、ほしいと言うので、もし結婚することになったら、やろうと思うが、今の処はやらないと言って、じらしてやってるのだ」

「先生の処は、幸福すぎますね」

「今の処はね、今後のことはわからない」

「先生はいつでも幸福でいられると思いますね」

「そう思うと、反《かえ》って不安になるのだ。僕は運命に甘えることを恐れるのだ。だが運命を信用しないことも恐れる。忠実に、一心に画の仕事をしてゆけばいいと思っている。幸い僕はいい人許《ばか》りとつきあっている。僕が不幸になることを望まない人許りに守護されている。だが怠けたらそれっきりと思っている。いい画をかいている限り、運命は僕に好意を持ってくれると思うが、しかし多くの人から嫉妬《しっと》される生活をすれば、罰を受けやすいことをこの頃感じて来た。謹《つつし》みながら、他人を不幸にせずに、自分の仕事に精を出せば、何とかなってゆくと思っている。僕も相当出鱈目《でたらめ》の時代があったが運命に愛されて来た。ありがたいことだと思っている」

「先生は悪意がないから、敵がないでしょう」

「そうもゆかないよ。他人の幸福を喜ばない人もいるから、幸福面《づら》はしない方がいい、一途《いちず》に画家として精進したいと思っている」

「今に世界中の人が先生の画の値打を見出すでしょう」

「僕はその期待は余りしない、真価だけは通用すると思うが、自分の真価を買い被《かぶ》りたくない」

「先生の真価は、世界に通用していいと思いますがね」

「通用しないとは僕の口から断定したくない。僕だって一寸の虫に五分の魂はある。世界の第一人者になりたい望みも持っていないとは言わない。しかし同時に僕は日本の片隅で自分の好きな画がかければそれでいいとも思っている。誰に認められないでも、好きな画をかいていられるのは幸福だと思っている。実際、かきたいものを心ゆく限りかくことは楽しいことに違いないから」

「それでどんどん金も入ってくるのですから」

「そうもゆかないが、まあ好きな生活が出来ているのだから、勿体《もったい》ないと思っている。それだけ、本当にいい画をかかなければと思っている。ただ中々かけない、かけない処《ところ》がまた面白い処だがね」

「こんな画をかいても満足しないのですか。随分欲が深いのですね」

「正直な所、之をかいた時、一寸自慢したかった。だがこんな画をかいて、少しでも自慢したい気になった自分を軽蔑《けいべつ》したくなった。まだまだこんな仕事で得意になっては仕方がない。ミケルアンゼロや、レオナルド・ダヴィンチなぞを一寸でも頭に浮べる時、自分が余りに子供なのを感じる。自分は自分の力だけの仕事をするので、満足するのはいい。自分の力以上のことをしたいと思うことは虚栄心だ。しかしこんな小《ちっ》ぽけな仕事で、得意になるのは、自分が余りに小人物だということになる。自分は大作をしようとは思わないが、自分の全力を出して最も深い処から純な生命の泉を汲《く》み上げたい。死物狂いで自分の力を出し切った仕事をして見たい。ここまで来れて、自分の全力を出し切れる仕事が出来ないのは恥だと思っている。深さで誰にも恥じない仕事をしたい」

僕は今日程、白雲子のしんみりとした本音を聞いたことはなかった。

「長生きが出来たら、あと二十年勉強が出来たら、僕でも物になって見せるつもりだ」

白雲子はそう言った。

三〇

その晩僕は珍らしく病気して一週間許りねた。なおるとすぐ馬鹿一の処へ出かけて見た。馬鹿一の処には珍らしい客が来ていた。若い女の人でへんに美しい人だ。そして馬鹿一はその女の人の顔を一心にかいていた。馬鹿一は僕を見ると少し気まり悪そうにしていた。女の人も僕を見るとはっとしたようだ。しかし僕はその女の人には逢った覚えがなかった。

「それでは今日は之《これ》で仕事はやめにしましょう。また明日来てくれるでしょうね」

「参ります」

「僕は別に用がないのだから又来るよ」

「いいや、いいのだ。今朝からかいていて、もうやめなければならないのだが、つい夢中になったので、今いく時かね」

「もうじき一時だよ」

「そんなになるかね。僕はまだ十二時頃だと思っていた。すみませんでした」

「いいえ、今日は午後は休みですから、かまわないのです。それでは失礼します」

「どうぞこりないでね」

「大丈夫、こりはいたしませんわ」そう笑いながら言った若い女は、僕に丁寧に挨拶《あいさつ》して帰った。馬鹿一は若い女を玄関に送っていって、またくどく明日の約束をして帰って来た。

「今のはどういう人なのだい」

「君の方が知っているのじゃないか」

「僕は知らないよ」

「本当に知らないのか、知らないふりしているのじゃないのか」

「僕は何にも知らないのだ」

「真理先生が何か言ってやしなかったか」

「僕は珍らしく病気して、この一週間許り先生にもあっていない」

「あの女は、真理先生がよこしたのじゃないかと思うのだ」

「そんなことはないだろう」

「女も真理先生のことは何にも知らないと言うのだが、僕はどうも真理先生がよこしたのだと思うのだ。さもないと見当がつかないのだ。僕の弟子になりたいと言って一昨日やって来たのだ。その前に僕は不意に愛子さんがかきたくなってね。思い切って真理先生の処に行ってその話をしたら、真理先生すっかりあやまってね。僕は言わなくっていいことを言ってしまった。あの子はあんな子と思わなかったのだがこの頃すきな人が出来たらしく、自分の言うことはきかなくなった、とそう言うのだ。あの人は馬鹿《ばか》正直だから、ずけずけ、そう言うので、僕はとりつく島がなくってがっかりして帰って来たのだよ。折角たのしみにしていただけ、随分がっかりしていたのだ。するとその翌日思いがけず、あの人が訪ねて来て、お弟子にしてくれといきなり言うのだよ。僕は驚いたね。どうして僕のことを知ったのですと聞いたら、ある尊敬する方から聞いたのです。その方の名は一寸《ちょっと》申しあげられませんがと言うのだよ。それで僕は真理先生がよこしたのだと思ったのだ。それで僕は安心して弟子にしたのだ。そして職業は何をしているのですと聞いたら、モデルなのだそうだ。そしてモデルしているうちに画《え》がかきたくなったのだそうだ。それを聞いて僕は驚いたね。僕は断ろうかと思ったね。でも真理先生がよこしたのだから、何か考えがあるのだと思って、僕は安心して、承知して、顔を見ているうちに、かきたくなったのだよ。ただでかしてくれると言うのだよ」

「君はまだ昼飯を食わないのだろう」

「いいのだ。少しも腹はへらないのだ。それより君にいろいろ話したいことがあるのだ。僕は真理先生を信じている。あれは悪気のない男だ。僕のこと、僕の仕事のことを本当に考えていてくれる男だ。勿論《もちろん》もっと大きなことを考えて、それに僕が役に立つ男にしたがっているのだと思うが、僕は今でも人間をかくのが怖《こわ》くないとは言えないのだ。僕は昨日こういう詩をつくった」

そう言って、馬鹿一は詩を見せた。

「人間は石ではない
だが人間は石である
石である
そう思って私は画をかく
人間は最も妙《た》えなる
石である」

僕はそれを見て相変らずだと思ったが、馬鹿一も木石漢ではないから何処《どこ》か自分でも不安を感じているのかと思う。彼は童貞であるかどうかは知らない。しかし僕の知っている範囲では彼に関しては女の話を知らない。又恐らくいくら物好きの女でも、彼に興味を持つ女はないと思う、凡《およ》そ女とは縁のない男に思える。彼自身それをよく知っている。顔はよくない、体格もよくない、金もない、才能もない、すっきりした所は少しもない。其処《そこ》が彼の唯一《ゆいいつ》の取柄でもあるのだ。我等が彼を馬鹿にしながらも、心の何処かで、彼に好意を持ち、もしかしたら、凡人ではないのではないかと思うのは、そういう女気のない世界で、悠然《ゆうぜん》と生きていた点である。今や、その唯一の美点を彼は失いかけている。彼は迷わねばいいが、女にもし迷ったとして、そして女に逃げられたとしたら、彼はどういうことになるか。その時はその時で、彼は又不倒翁のように、平気で起き上って、またこつこつ雑草や石をかき出すかも知れない。恐らくそうであろう。彼のことは心配する必要がない。真理先生はそう思っているらしい。しかしこのモデルを馬鹿一の処によこしたのは、勿論真理先生ではない、白雲先生にきまっている。

「君を驚かすことがある」と彼は一寸口を辷《すべ》らしたことがある。その時から僕は何かを期待していた。そしてその期待していたことが早くも実行されたのだ。然《しか》し白雲先生のこの行為は、どういう動機からされたか、単なる悪戯《いたずら》か、又深い計画があるのか、又一寸した同情からか、いや単なる画家としての尊敬からか、僕にはわからない。

しかし、馬鹿一にとっては、一生の出来事にちがいない。その種を最初にまいた者は、勿論、真理先生である。そしてその用意が出来ている処に、この冒険を敢《あえ》て行ったものは白雲先生である。自分はその両方にも、関係がないとは言えない。しかし僕は無力な人間だ。しかしその結果に責任が全然ないと言えない。哀れなる馬鹿一よ。この二人の先生のまいた種から、出来るだけ大きな収穫をとって貰《もら》いたい。その結果は馬鹿一の一生をなお淋《さび》しくするものかと思う。だが馬鹿一はそれに勝てば一層大きな画家になるであろう。僕はそんなことを考えないではいられなかった。

三一

しかし馬鹿一は、未来のことは考えていないようだった。自分のかいた画を一心に見だして黙っていた。しかし暫《しばら》くして言った。

「人間の顔というものは変だね。見れば見る程へんなものだ。全体で見れば美しい。しかし眉毛《まゆげ》でも鼻でも耳でも、口や目でさえ、一つ一つ放して見ると実にへんなものだ。よくこんなものをつくり出したと思うね。こんな顔を考えてつくったとしたら、その人は神様か、さもなければ大物好きな馬鹿だね。中でも鼻というものは変だね。それが、顔の真中にあるのは、実に面白いね。僕や君の鼻は特別変だが、随分よく出来ていると思う愛子さんの鼻だって、鼻だけ見たら変なものだ。杉子さんの鼻も悪くない鼻だ。だがよく見て、かこうと思うと、変なものだと思うね。石ころや、草には変な処がない。変な処があるだけ、人間は進んでいるのかも知れない。僕はかく時、つい部分にひっかかるのだ、だからへんな顔になってしまう。その変な面白さが本当につかめたらと思うが、中々むずかしい、やはり、人形にはわるいけれども、生きた人間は、魂があるだけ、かくのにはり合いがある。石や、花もかけばかく程面白いと思うが、人間はやはり、造化の妙を極《きわ》めているね、真理先生が僕に人間をかけと言ってくれたのを、僕は一時、僕の全仕事を否定されたように思って怒ったが、今になって、僕は真理先生に感謝している。それは愛子さんの顔の方がずっと美しいと思うが、杉子さんの顔も生々していて、またちがった美しさがある。殊《こと》に、もっと暑くなれば、裸になってもらえる希望もあるので、僕も愛子さんを失って杉子さんを得たことを喜んでいる。捨てる神あれば拾う神ありということは本当だと思うね。真理先生に逢《あ》ったらよろしく言ってくれないか、僕は元気に、喜んで仕事をしているとね。真理先生、愛子さんのことでは僕に随分すまながっていた」

僕はモデルが真理先生からよこされたものでないことを言いたいとも思ったが、自分がはっきり知っているわけでもないし、そう思わしておく方が反《かえ》っていいとも思うので、だまっていた。

彼は又言った。

「杉子さんは、神から贈られた贈り物か、悪魔から贈られた贈りものか知らないが、ともかく僕はこの難問題を出来るだけ、立派に画家として解決をつけたいと思っているよ」

僕は其処で切り上げることにした。

「真理先生に逢ったらよろしくね。モデルのことは内証《ないしょ》でよこしたのだと思うから、僕は気がつかないふりしているから、そのつもりでね」

馬鹿一、中々馬鹿ではないなと一方思いながら、自分の口には自《おの》ずと微笑が浮んで来た。

三二

馬鹿一の処を出てから僕は真理先生の処に行こうか、白雲先生の処に行こうかと一寸迷った。モデル女を馬鹿一の処によこしたのは言う迄《まで》もなく白雲子にちがいない。しかし真理先生にも逢って今日の馬鹿一の様子を話したら安心されるにちがいない。それに愛子さんのその後の様子も知りたい。先《ま》ず真理先生の処にゆき、それから白雲子の処に廻ろうときめた。真理先生は相変らず家にいた。誰も来ていなかった。二人の話はすぐ馬鹿一のことになった。

「石かきさんには本当に弱ったよ。僕が余計なことを言ったのが、たしかによくなかったが、石かきさんもたしかに変っているね」

「なんて言って来たのです」

「いきなり僕に逢うと、負けましたとこう言うのだ。それで僕も、いやまけたのは私の方です、と言ったが、その意味は通じないのだ。そして、是非愛子さんをかかして下さい、僕は人間がかいて見たくなったのです。しくじるかも知れないが、かかないではいられなくなったのです。一度かけばそれであきらめられるでしょう。しかし一度だけ、是非かいて見たいのです、とこう言うのだ。僕は困ったね、あまり熱心なので、それにそう言えば、僕が承知すると思いこんでいるのでね」

「それで先生は何とおっしゃったのです」

「仕方がないよ。愛子はもう以前の愛子じゃない、君はもう知っていると思うが、この頃は白雲さんの処《ところ》に日参している。帰りも遅い、それで夢中に喜んでいる。純情すぎて、気の毒な位、幸福にしている。いくら僕が言ったって、石かきさんの処に行くわけもなし、行けとも僕の口からは言えない、だから僕は仕方がないから石かきさんにひたあやまりに謝ったよ、石かきさんは始め僕の言うことがのみ込めなかったらしいが、のみこめたと思ったら、見るも気の毒な位、がっかりしてね。そうですか、来てくれる望みはないのですか。ふるえ声でそう言った時、目に涙が光った。あなたがそう言うなら、僕はあきらめます。そう言って、すぐ帰ってしまった。見送ったあとの気持は実に情けない気持だった。近頃、あんないやな淋しい気持を味わったことはなかった。本当にすまないことをした。一人のすぐれた人間をあざむいて、だいなしにしてしまったのだからね、どうも石かきさんのことを思うと、僕は石かきさんの前に土下座して謝《あやま》りたいような気がするのだ。しかし土下座したって、石かきさんの失望をなぐさめるわけにはゆくまい」

「その点なら御安心下さい。石かきさん、今仕合せにしています」

「仕合せにしている？　それは又どうしてです」

「今石かきさんの処に行って来たのです。すると若い綺麗《きれい》な、尤《もっと》も愛子さんとは比べものになりませんが、女の子が来ていて、石かきさんは夢中で画をかいていました」

「へー、それは本当ですか」

「本当です、この目で見たのですから」

「天地がひっくり返ったような事実ですね」

「石かきさんはその女の人を先生がよこしたのだと思って喜んでいるのです」

「どうも想像のつかない話ですね」

「いや、想像はつくのです、その女は白雲子のつかっているモデルらしいのです。白雲子がよこしたらしいのです」

「愛子がしゃべったのかな」

「その前から白雲子は、そういう計画をしていたらしいのです」

「それでともかく石かきさんは満足しているのですか」

「大満足です、そしてあなたに礼を言ってくれとことづかったのです」

「それは困りましたね」

「当分、そう思わせておおきなさい。肯定も否定もしないで」

「心苦しい気がしますね」

「私が責任持ちますよ。喜んでいるのですから喜ばしておきなさい。白雲子はいたずら者ですが、悪意のある男ではありませんし、モデルも人のいい人で、石かきさんに将来迷惑をかける人ではありませんから」

「少し話がうますぎますが、もしそれが本当なら、私はいくらか心が慰められます」

「安心なさっていいと思います。先生がわるいのではないのですから」

「馬鹿《ばか》だったのです。おっちょこちょいだったのです。罰せられていいおせっかいだったのです。見っともない話です」

「それでも万事よく行っているのですから、あやまちの功名になるかも知れませんよ」

「いい画《え》をかいてくれればね」

「当人の画はどうであろうと、白雲子や、泰山にいい影響を与えたことは事実です」

「僕だっていい影響を受けているのです。ともかく今時に珍らしい人もいたものです」

「一寸《ちよつと》困る処もありますがね」

「困る処が又面白いのじゃありませんか。困らない人間が多すぎるのですから、尤も困るのにもいろいろありますが、石かきさんは他人を不幸にはしない人ですから、自分が一番困るのですから、あの困り方にはたしかにいい処がありますよ。そしてそれがあるので、あの不思議な画が出来るのですから、しかしそのモデルになった人も途中でいやにならなければいいがね」

「僕もそれを心配しているのです。尤もその点でも一番心配しているのは、石かきさん当人でしょうがね。石かきさんは先生がよこしたのだと思い込んで安心しているらしいのです」

「困りましたね」

「白雲子がよこしたことがわかると、どういう結果になるかわからないので、僕はその点神秘にしておいて美の神様からおくられたものにしておけばいいと思うのですよ」

「石かきさんなら、結局そう思うでしょうね」

「勝手に、とりたいようにとらしておけばいいでしょう。先生は否定していたと言ったって、思い込んでいるのですから、本当にはしません。その点先生は、御気持はわるいでしょうが、僕に任せて下さい」

微笑して先生は言った。

「まかせましょう」

「愛子さんはこの頃、御元気ですか」

「大へんな喜び方です。世界中で自分程仕合せものはない位に思っています。お母さんも大喜びです。僕も喜んでいるのです。女の恋というものが、本当にわかった気がします。自然が人間に恋愛を与えた意味と、その深さがわかり、自然に対する信頼を深めましたよ。だがこのことは、若い連中には露骨には話せませんが」

「稲田さんですか、御元気ですか」

「まあ表面はね、あいつは、今にものになると楽しみにしています。今度のことで僕の処に来なくなるかと思ったのですが、そんなことはなく、今迄よりも真剣にいろいろの本を読むようになりました。一寸気にしていたのですが、反ってよかったとさえ思っています。当人は相当以上苦しんでいるのかも知れませんが、僕にはよくわかりません。でも鍛えられて、益々《ますます》よくなる人間だということはわかりました」

「万事、いいのですね」

「万事いいかどうかわかりませんが、僕の周囲は、万事よくいっていると言ってもいいでしょう。少なくも今の僕には石かきさんのこと以外は気になることはなかったのです。世間のことは別ですが僕にどうにもならないことを気にしては切りがないものですし、それは何かに任せているのです。少なくも僕はあまり気にしないのです。しかし石かきさんのことは、僕の責任なので気にしていましたが、あなたの話で、少し気になることもありますが、十が九までは安心しました。今後、幸福になってくれるとうれしく思います」真理先生はそう言った。

僕はそれからまもなく、真理先生の処に二三人の人が来たので、辞して、白雲子の方に向った。

三三

白雲子の家の近くで、僕は愛子に出逢った。

「お帰りですか」

「ええ」

「お元気なそうですね」

「おかげで」

「今、先生の処に行って来て、あなたのことをいろいろうかがって来ました」

そう言ったら愛子さんは真赤な顔になった。それが又美しかった。

「先生はよろこんでいらっしゃいました」

「知りませんわ」

そう言って愛子さんは子供のように馳《か》けていった。いかにも嬉《うれ》しそうににっこり笑って、その顔は恥かしそうではあったが、幸福そうで、見送った僕の顔まで、自《おの》ずとにっこりした。

白雲先生は家にいた。仕事はすんだあとらしく応接間で待たされているとまもなく入って来た。

「どうした、暫く見えなかったね」

「一寸風邪をひいたもので」

「こないだ泰山が来たので、君の話が出たが、泰山の処にも一寸姿を見せないと言うので、病気かなと、僕が言ったら、泰山の奴、山谷は病気なんかしませんよ。病気の方が逃げてゆきますよと言っていたが、やはり君でも人並に病気をするのかね」

「人並は少しひどいですね」

白雲先生嬉しそうに笑った。

「今日石かきさんの処に行っておどろきましたよ」

僕はわざと知っている顔をした。すると白雲子平気な顔して言った。

「杉子の奴《やつ》、今日君に逢っておどろいたと言っていた。君にここで逢ったことがあるのだと言っていた。僕は誰からよこされたのか、知らしてはいけないと言っていたので、君が来て化《ばけ》の皮があらわれるかと心配していた。大丈夫だろうね」

「それは大丈夫です。石かきさんは真理先生からよこされたのだと感ちがいして、喜んでいましたから、僕もそう思わすようにしておきました」

「それは感心だった。石かきさん喜んでいるそうだね」

「夢中です。杉子さんの方はどうです」

「一寸閉口してはいたが、僕の命令は杉子には絶対なのだ。あの子は、気の毒な子だが、善良な子で、今では僕を唯一《ゆいいつ》のたよりにしているのだ。僕もあの子を信用している」

「石かきさんが、裸をかきたいと言えば、かかすつもりなのですか」

「勿論《もちろん》だよ。裸を一度かかして見たいから、暑くならないうちに、行くように命令したのだ」

「命令ですか」

「あの子にはね。他の人には僕は命令したことはないが、あの子は命令してほしがるのだよ」

「あやしいですね」

「他人のモデルになれと命令する程度、それも石かきさんのね。別にあやしいこともないさ」

「その先生の心理が僕にはわからないのです」

「君にわかって貰《もら》いたいと思わないよ。僕は石かき先生の芸術を尊敬しているのだ。それに愛子さんをかきたがる気持に、同情もしているのだ。しかし愛子さんは絶対にゆきたくないと言うのだ。僕も行って貰いたくない。それで杉子に行って貰ったのだ。杉子は特別に用のない時は、いつでも僕の処に働きに来ることになっているのだ。かきたい時、いつでもかけるようにね」

「中々贅沢《ぜいたく》ですね」

「その位の贅沢は許してもらってもいいと思うね。それに杉子もそれを望んでいるのだ。いろいろの処に行く心配がないし、僕をへんにたよりにしているのだ。デッサンしたい時でも、すぐたのめるからね、それにアトリエの用だって相当あるからね。他のモデルをやとったり、他の女の人をかいたりしても、杉子なら少しも神経をつかう必要はないのだ。実にいい子だよ。今迄《まで》に相当苦労して来たらしいのだ。別にききもしないが」

「石かきさんに就《つい》て何かしゃべっていましたか」

「それは喋《しゃべ》っていたよ。石かきさん始めはおどろいたらしいね。何しろお弟子にしてくれと言わさしたのだからね」

「それは驚いたでしょうね」

「すっかり堅くなってしまったらしいのだ。二人だまってしまって、何分たったかわからなかったそうだが、そのうちに石かきさんじろじろ杉子さんの顔を見出したそうだ。そうしているうちに、何にも言わずに画をかく用意をして画をかき始めたそうだ。それで杉子がじっとしていると、一時間近く休めとも言わずに画をかきつづけたそうで、杉子もとうとう辛抱が出来ないで、くたびれましたから休ませて下さいと言ったら、飛び上るように驚いて、あなたは人形じゃなかったのですね、と言ったそうだ。之《これ》には杉子は驚いたそうで、聞きしにまさるとはこういう時につかう言葉だと思ったそうだよ。それから石かきさんすっかりうろたえてね。あなたはいつ来たのです。何にしに来たのでしたかね、というわけだったそうだ。杉子が画をならいに来たのだと言ったら、そうでしたね。すっかり忘れてすみませんでした。どうか之《これ》にこりずに又来て下さいとしきりとあやまったそうだ」

「目に見えるようですね」

「杉子はもう十分休みましたから、どうか画をおかきになって下さいと言ったら、よろしいか、かまいませんかと言って、大へん喜んでかき出したそうだが、かき出すとたんに、時も処《ところ》も忘れ、随分無ざまな恰好《かっこう》までして、夢中に画をかき続けるのだそうだ。時々はかくことを忘れているのかと思う程、いつまでも穴のあく程見つめてい、近くによって見たり、離れて見たり、自分の画と見比べて見て、考えこんだり、ちゃんと坐《すわ》って見たり、膝《ひざ》をくずしたり、着物がまくれることなぞ一向平気で、夢中にかいている。そして時々気がついて、あわてて前をあわせる、ともかくあんなに夢中で画をかく人を見たことはない、本当に、私を人形のように思ってしまうらしいのですと、言っていたよ。そして出来上った画は、ちっとも似ていない場合が多いので、何をあんなに見ているのかと思うと言っていた。でも僕はそんなことをしてかいた、墨一色の画を一つ杉子が持って来たのを貰って見たが、よく見ると、その位、真剣になって始めて出せると思う線がある。一筆もおろそかにしていない。しかしそれが、一々正しい効果を上げているか、どうかはわからないが、何か僕達の常識ではわからないものをねらっていることはわかる。目が一方あがり過ぎたり、離れすぎたりしているが、そんなことはかいている時は、あまり気にならないらしい。似せようとしないのかと思うが、又馬鹿に、忠実にかいている処もある。要するに変な画だが、見ているうちに、とても真似《まね》の出来ない、面白い、強い処がある。僕は杉子に大いに石かきさんの処にゆくことをけしかけているのだ。杉子も僕が喜んで、褒美《ほうび》を出すので、乗気で出かけてゆく、そして知れば知る程、石かきさんはいい方だと言っている。だが、根気には閉口すると言っていた」

白雲子はそう言って、室《へや》から出て行ったが、馬鹿一の杉子さんをかいた画を持って帰って来た。

僕はその画を見ると、笑わないわけにはゆかなかった。

「今の世には珍らしすぎる人間だね。だが仕合せな人間だと思うね。こんな画を真剣にかけるのだからね。少なくも僕達は石かきさんのそばにゆくと、自分が余りに平凡人のように思われる」その時、杉子さんはお茶を持って入って来た。

「山谷君は君を知らなかったそうだ」

「今後、どうぞよろしく」杉子さんはそう言った。

「大へんですね」

「大したことはありませんわ。石かきさんて、本当に変っていらっしゃるけど、いい方ね」

「いい人間です。一寸《ちよつと》珍らしすぎる人間ですがね」

「本当に変っていらっしゃいますね。私を貴夫人のように思っていらっしゃるのよ」

「今に、神さまのように思うでしょう」

「そして、石ころのようにね」白雲子はそう言った。そして三人は笑った。

三四

自分は白雲子の処を出ても、すぐ家に帰る気になれなかった。泰山の処によってやろうと思った。もう少しおそいとは思ったが、相手が泰山だから、飯の心配をするわけもないし、飯を食っている所にゆけば平気で待たしておく質《たち》で、迷惑なぞ感じる男ではないから、僕はそんなことを気にする必要はなかった。泰山は僕に逢《あ》うと、

「やー、生きていたのか、まさか幽霊でもあるまい」と冗談を言った。

「今、白雲先生の処によって来ました」

「そうか、兄貴も、君が来そうなのに来ないと気にしていたよ。気にする必要はないと言っておいたよ。君なんか、死んだって生きたって、別に国家にとって、損害もないからね」

「あなたなら損害はあるのですか」

「俺の方ではあるつもりだが、国家の方では蚤《のみ》が死んだ程にも思うまい。お互にまあ、生きていてもいいし、死んでもいい仲間だね。その方が気がるでいいよ」

「でもあなたは中々野心があるのでしょう」

「ないとは言わないが、わかる奴は、まあ三人位のものだろう」

「三人って誰たちです」

「名はわからないが、まあ、その位はいることにしてあるのだよ」

「白雲先生の愛子像には中々感心しました」

「あれは中々いい。兄貴、中々いい処がある。まだ勉強する気が、実に旺盛《おうせい》だから、今にものになるとたのしみにしている」

「まだものになっていないのですか」

「なっていないね。あれでとまったら、兄貴は、心ある人にはあきられる恐れがあるが、最近の仕事は、心ある人の心にふれるものが出来た。この頃少し兄貴を見なおしているよ」

「石かきさんの話をおききになりましたか」

「馬鹿一さんの話か、聞いたよ。面白いね。兄貴も中々人がわるい。親切なのか、不親切なのか、いたずらなのか、僕にはわからないが、石かきさんの画《え》がよくなればいいと思っているが、僕には一寸出来ない芸だよ」

「石かきさんは夢中で喜んでいますよ」

「今はね。しかし今後のことはわからないね」

「それはわかりませんが」

「まあ大丈夫とは思うが、一方危険に思うね。兄貴は平気だろうが、夢中になりすぎるとね。少なくも落ちつきがなくなると、馬鹿一さんの特色がなくなるからね。僕は馬鹿一さんが女に夢中になることを考えると、滑稽《こっけい》すぎて、一寸いやだね。その危険さえなければいいが」

「ありますね」

「あっちゃ困るね。だけどそれをどう切りぬけるかね。まさか討ち死にもしまいと思うがね」

「石かきさん、あれで中々馬鹿《ばか》ではありませんから、するりとぬけ出るかも知れませんよ。私は石かきさんは画と心中しても、女と心中はしないと思いますね」

「そうあってほしいね。しかし他人のことを心配しても始まらない。ゆく処へゆくだろう。それより自分のことを心配する方が賢いね」

「あなたはその方の心配はありませんね」

「お互さんにね」

「私は少し心配したい方なのですが」

「君なんか、どうころんだって、はたでは心配しないね。心配する価値がないからね。だからころぶだけ損だよ」

「でも、私でも時には役に立つこともありますよ」

「そうだね、愛子さんを兄貴の処につれていったのは君だからね。人間は存外、思わない処で役に立つものだね。捨てたものじゃない」

「あなたにあってはかないませんよ」

「最近かいた字を見せようか」

「見せて下さい」

「ほめても上げないよ」泰山は上機嫌に、色々の字を出して見せた。中々ほしいものがあった。何とか言って取り上げてやろうかとふと思った。ほめてもあげないよと言われると、なお何とかして取り上げたくなるのは人情である。

「どうだ、少しはうまくなったろう」

「ええ、この調子で進んだら、今にものになるでしょう」

「大きく出たね」

「まあ、もう少し勉強したらいいでしょう」

「はい、はい」中々泰山は負けていない。

「この文句は気に入りましたね。いつか気が向いた時、書いて下さいよ」

其処《そこ》には「静かに歩く」とかいてあった。

「君は静かに歩く方じゃあるまい」

「あなたは」

「俺もその方じゃないから、わざとかいたのだ」

「私もその方じゃないから、下さい」

「やるかな」

「下さい」

「愛子さんをつれて来た褒美《ほうび》にやるか」

「ありがとう」御意の変らぬうちにもらうことにした。

「兄貴からも愛子さんをかいたデッサン一枚位、もらえよ。中々いいのが出来ている。俺もほしいのがあるが、一寸言い出せないので困っているのだ」

「あなたも、もらう値打がありますよ。どれがほしいのかわかれば、私がついでにもらってあげます」

「俺がほしがっていたと言ってくれれば、あとは俺がうまくやるよ」

「承知しました」

やっとぶつかるものにぶつかった気がして、泰山の字を大事に持ってわが家に帰った。一つの手紙が自分を待っていた。

三五

手紙は稲田からだった。僕は必ず大いに怒られているのだと思って、開けるのが怖かった。しかし開けないわけにもゆかないのであけて読んだら、こうかいてあった。

「始めて手紙をかくのに、礼を失している処があるかと思います。もしございましたら、お許し願います。この手紙はかく必要のない、寧《むし》ろかかない方がいい手紙かと思いますが、やはり、手紙をかかないと気になりますのでかきます。先日私の友達が御訪ねし、変なことを申し上げたそうで御許し願います。悪気ではなく、寧ろ大へん好意で、友は僕のことを心配してくれ、その結果、先生の処に伺ったことと思いますので、私は一方感謝もしているのですが、同時にありがた迷惑も感じております。先生にはなお御迷惑だったと思います。僕が愛子さんを愛しておりますのは事実でございます。愛してはならない人を、夢中に愛したということは、どういうわけか僕にはわかりませんが、どっちにしろ見っともない。自業《じごう》自得なことは言う迄《まで》もありません。しかしそれはやむを得ない事実としても愛子さんの行動をその為《ため》、否定するようなことを要求する気は僕には毛頭之《これ》なく、愛子さんの幸福の邪魔する気持は僕にはなかったのです。友達が先生の処《ところ》へ行ったことをあとで聞き、僕は本当に恥かしく思い、穴があれば入りたいという気持を如実《にょじつ》に味わいました。

僕には勿論《もちろん》、愛子さんの自由を束縛する資格もなく、又そんなことを先生に要求する気持もなかったのです。愛子さんが僕を愛することが出来ないのは、当然なことで愛子さんが、今日、先生のおかげで幸福になられたことは、僕はもとより当然なことで、少しも非難すべきことではないことを百も承知しているもので、愛子さんが、本当に求めていた人にめぐり逢ったことを、僕は喜ぶべきことだと思っているのです。

しかし僕はそんなことを言う資格はないものですが、しかしどんな時にも、道理は道理でございます。いくら僕はみじめな位置に自分を見出したとしても、道理を忘れたものとは思われたくないのです。ですから友達が、先生に申し上げたことは全部とりけしていただきたく、僕は先生に対して少なくも、不快に思っておるものではございません。このことは負け惜しみではございません。どうぞその点、御心配下さらないようにお願いいたします。今日になりますと反《かえ》って万事はっきりいたし、自分の馬鹿さを苦笑するより仕方がなく、某氏の幸福を羨《うら》やましく思うわけですが、しかし僕はそれですませるつもりは之なく、真理先生の御教訓に従い、益々《ますます》真理に忠実になり、人々の為に働きたく思っております。

僕は私《ひそ》かに、自分を本当の人間にしたく、この頃は画家になりたい気がしきりとしてくるのです。この僕の気持は、画家になることで、救われるのではないかと思います。先生にそのことを申し上げたら、大へん喜んで下さいました。そして石かき先生に一度、逢って見たらどうかと言われました。僕は石かき先生の画を尊敬しているとはまだ言えませんが、あの何ものもおいてただただ画にかじりついてこの世に生きていられる姿は貴いと思います。僕はもう少し自由自在な画家になりたいと思っております。なる以上は、僕は僕でなければかけないものをかきたく思っております。しかし石かき先生が、物を見つめてかく時の凄《すご》い真剣さに一度ふれることが出来ましたら、何か教わる処があると思います。世間のあらゆる誘惑から超越されて、自分の世界に入り切って、自分を常に生きるか死ぬかの境において仕事をされる石かき先生の御姿を是非僕も拝見し、今の僕の弱い、見っともない生活に、筋金を入れたいと思っております。画家となる動機は、どうあろうと、必ず僕はものになるまで食い下ろうと思っております。決して某氏を頭において、某氏と決闘するつもりで、画家になるわけではないのです。しかし事実はどういうことになるか僕は知りません。ただただ真剣に生きて見たいのです。そして世界語で、世界を相手に立ち上って見たいのです。

僕は執念深く自分を生かして見たいのです。あせりたくはないのですが、真剣にぶつかるものにぶつかって見たいのです。石かきさんにお逢い出来れば、お逢いしたいと思っております。

僕の失礼を御怒りなく御返事戴《いただ》ければ幸いです。勿論、石かき先生に御逢い出来ないでも、自分の仕事はやり通しますから、別に断って戴いても結構です。その点、先生にお任せ致します。石かき先生の御都合、急ぎませんから、お知らせ戴けば、僕の方は、いつでも参上致します」

僕はそれを読んで、稲田に好意を持ったが、馬鹿一は、既に昨日の馬鹿一ではない。以前の馬鹿一なら勿論、喜んで稲田に来てもらい、石か雑草を得意になってかいて見せたろう。今の馬鹿一は恐らく誰もが来るのを喜ばないであろう。そして何人《なんぴと》にもさまたげられずに、杉子さんをかきたく思っているように僕には思われる。しかし稲田の今の気持を察知する僕には、断る気になれなかった。何とかして喜ばしてやりたかった。

その上稲田という青年は、何処《どこ》となく凄味《すごみ》を持っている青年だ。その稲田と馬鹿一とを突き合せるのも、好奇心の弱くない僕には何か興味のある事実である。世の中にはいろいろの人間がいるものだが、この二人のとり合せは、たしかに見物に値する取合せと思われる。

三六

翌日、僕は早速、馬鹿一の処にゆきたいと思ったが、午前にゆくのは気がさした。午後三時頃、もうモデルは大丈夫帰ったと思ったので、ともかく出かけて見た。

馬鹿一は、喜んで迎えてくれた。昨日僕が来て、又今日来たということなぞ、彼は忘れている男だ。気にする僕の方が可笑《おか》しい位だ。

「どうだ画は」

「ますます、むずかしい」

「昨日真理先生の処へ行って、君が杉子さんというモデルをかいているといったら、先生安心して喜んでいた」

「そうだろう。君には白状したろう」

「何を」

「あのモデルをよこしたのはやはり、真理先生だろう」

「先生は始めて僕が話したので知ったらしい」

「あの先生、中々とぼけるのがうまいからね」

「そうかね」

「君もとぼけるのが下手じゃないね、だが杉子さんは、本当にいい人だ。僕はあの人が来てくれて実に感謝している。人形よりももっと素直で、もっと動かない」

「動かないことはないだろう」

「ところが動かない。時々は死んだのじゃないかと思う程動かない」

「偉い人だね」

「偉い人だよ」

「神様見たような人だね」僕は一寸《ちよつと》からかって見た。

「本当に神様のような人だよ。モデルという商売は僕達画家にとっては、実にありがたい商売だね。僕は本当に真理先生に感謝しているのだ」

「しかしモデルも金がないとつかえないのだよ。普通の場合は、モデルだって食わなければならないからね」

「ところが杉子さんは一文もとらないのだ。とると怒られると言うのだ」

「君は金をやろうとしたのかい」

「やりたいと思ったのだよ。だがとらない」

「いくらやろうとしたのだ」

「百円きりなかったので」

「金の心配のいらない、モデルをつかっているのは君許《ばか》りだよ。やはり君の人徳だね」

「どうも、真理先生は僕を買いかぶっているらしい。なんだかすまない気がするよ。だけど杉子さんは、真理先生を知らないと言っている。神様でも、時々は嘘《うそ》をつくと見える」

「毎日くるのかい」

「毎日くる」

「来なくなったらどうする」

「結婚する迄は毎日くると言っている」

「いつ結婚するのだ」

「まだ一二年は結婚しないと言っていた。その一二年のうちに、ものにしたいと思っているのだ」

「毎日、一年もつづけてかいたらあきるだろう」

「あきるわけはない。見れば見る程、美しい。知れば知る程、あの人は神様だ」

「そうかね」

「神のつくったものだ。あの人は実に無垢《むく》だ」

「人間ばなれがしているね」

「僕の知っている限りで、あんな素直な、悪意のない人は知らない。尤《もっと》も画《え》のことはわからないらしいが、わかったふりをしない処が偉いと思うね」

「画を見せないか」

「まだだめだ。実にむずかしい。僕は今までいい加減に画をかいていたことがわかった。本当に始めっからやりなおす気で、勉強している。実際、人間は、神の傑作だと思うね。殊《こと》に杉子さんは、傑作だ。愛子さんに今迄感心していたが、杉子さんは段々愛子さん以上の本性を顔にあらわして来た。心の清きものは幸いなりというのは事実だ。愛子さんは僕を信用しなかった。杉子さんは僕を絶対に信用してくれる。勿体《もったい》ない位だ。僕はどんなこととしたら、この感謝の念があらわせるかと見当がつかない」

「ただ君は杉子さんを美しくかいて上げればいいのだよ。君が本当の画家になりさえすればそれでいいのだよ」

「本当にあの人は神様だね。見ているると本当に後光がさしてくるよ」

馬鹿一らしいことを言い出した。

三七

馬鹿一に僕は画を見せろと言った。

「まだ、だめだ、今日は手をかいて見たのだが、やはりむずかしい。人間の手が本当にかければ、人間の顔も身体《からだ》もかけるものと思う。手が本当にかけないうちは、顔も身体もかけるわけはない。僕は杉子さんの肖像をかいているうちに、つい手をかきこんだ、すると手が中々かけないのだ。手一つかけないで、顔をかこうなぞとは、大胆すぎる話だと思った。それで僕は今日から手をかいて見ることにしたのだ。杉子さんの若々しい手の形、指の形に僕は感心してしまった」

「見せないか」

「見せるよ。だが君に見せるのは、少し勿体ないね」

「どうして」

「君には杉子さんの手の美しさが、わかるとは思わないからね」

そう言われると一言もなかった。僕は杉子さんの顔許り見て、手は見なかった。之は杉子さん許りに限らない。

「まあ見せろよ、勿体つける程のものじゃないだろう」

「今の僕の画で、杉子さんの手は想像出来ないが、今に、杉子さんの手の美しさをかいて見るつもりだ。始めっからうまくかけるものじゃあないから、別にまずくっても恥かしいとは思わないが、杉子さんに悪いような気もするのだ。もう少しうまくなってから見せよう」

「まずいうちが、反って面白いよ」

「そんなことはない。まずいということはどんな時でも、よくないことだ。殊に芸術家にとって、まずい点を売りものにするのは恥だよ」

「君もうまくなりたいのか」

「勿論だよ。うまくなりすぎるということは絶対にあり得ない。世間の人がうまいと言うのは、実は自分の下手なのをごまかすことがうまいというのに過ぎない。ごまかすのがうまいのでは話にならない。僕はどうかして本当の意味で、うまくなりたいと思っている。だが僕はどうも才能がなさすぎるのだ。だが誠実と勉強で、ものになって見せるつもりだが、中々むずかしい、しかしそのむずかしい処が面白い。やさしかったら、僕は画なんかかかない。むずかしいから、努力仕甲斐《しがい》があるのだ。何とかしてものになってやろうという所が、面白い処だよ」

「見せろよ。効能を聞かせて、勿体をつける程の物でもあるまい。見せて減る物でもあるまい」

「見せると減るよ。見せない方が、力が逃げ出さない」

「それなら見せないでいいよ。別に見たかない。どうせ君の画は、見ないで損する程の画じゃないからね。人が見たがる親切を無にするなら、無にするがいいよ。今後君が見せたがっても、僕は見てやらないよ」

「怒ったのか」

「怒ったさ」

「本当にか」

「本当とも」

「僕の画が、そんなに見たいのか」

「見たかないよ」

「見たいのだろう」

「見せたがらないものを、無理に見る程、君の画に興味はまだ持っていないよ」

「僕は意地悪で見せないのじゃないよ」

「それならなんで見せないのだ」

「あんまり、かけていないので、恥かしいのだよ」

「君でも恥かしいことがあるのか」

「画家でいながら、美しいものが見えていながら、それがかけないというのは、実に恥ずべきことだ。今日の僕はその恥ずべき僕だ。明日か、明後日になったら、いくらか見せられる画が出来るかも知れない」

「毎日手をかくつもりなのか」

「かけるまでね」

「かける自信があるか」

「自信があるなしは問題じゃない。石にしがみついてもかいて見せるつもりだ。それがかけない間は、他の処《ところ》はかかないつもりだ」

「手はそんなに美しいものかね」

「僕も今迄《まで》、気がつかなかった。今日気がついて驚いたね」

「今日気がついたのか」

「そうだよ。それでさっきこんな詩をかいた」

馬鹿一は、紙切れにかいた詩を見せた。

「人間の手の美しさ
之以上の手があるか
仏さんの手
神さまの手
之以上ではない、
人間の手の美しさ、
遜悟空《そんごくう》が驚嘆したのも
さこそと思われる
人間の手の美しさ」
そうかいてあった。
「遜悟空は人間の手に驚嘆したのか」
「仏さんの手の指に感心した話があるだろう。五本の指に。それを一寸思い出したのさ。僕も今迄気がつかなかったが、杉子さんの指を見ているうちに、遜悟空の気持がわかるような気がしたのだよ。五本の指のつりあいが実によくいっているのには実に感心したね。こんな手をつくり出せた自然の力には僕は感心したね。何とかして、その美しい手を、そのままかいて見たいと思ったよ。だが本当にかこうと思えば、三年はかかるだろうね」

「三年かくつもりか」

「三年手許りかこうとは思わないが、当分手をかいて見るつもりだ」

「ところで君の画をかく処を見たいと言う人があるのだが、つれて来ていいかい」

「それは困る」

「若い真面目《まじめ》な有望な青年だがね」

「今は困る、今は誰にもわずらわされたくない」

「午後、石でもかく時ならいいだろう」

「いつ石をかく気になれるかわからない。午後話にくるのならいいが、画をかいて見せるわけにはゆかない」

「話だけでもいいのだろう。君が見せていい画を見せながら」

「今気分が散るのは困るのだ」

「だが、気分を一寸変えるのも悪くはないよ」

「午後三時過ぎならいい」

「いつでもいいかい」

「画がうまくゆかない時は、一寸《ちょっと》困るね。だが何とかなるだろう。いつでもいいことにしよう」

「それでは僕は之で失礼するよ」

「そうか。今度来るまでには少しものになっているつもりだ。今日は失敬した」

「僕は何とも思ってはしないよ」そう言って僕は帰ろうとしたら、

「一寸待ってくれ、やはり君に見てもらわないと気持が落ちつかない」

馬鹿一はそう言ったので、僕は又もとの座に帰った。

「之だよ」と言って持って来たのを見て、僕は驚いた。真黒の線と、真赤な線とが、出《で》鱈《たら》目《め》に交叉《こうさ》してひかれている。

「決定的な線がつかめないのだ」何度も何度もかきなおされているのだ、墨と朱で。

「どうも僕は形をとるのが下手なのだ、石や草は少し位変な形にかいても別に気にならないが、人間の手は目に見えないような違いでも、すっかり感じが害されてしまう。殊に杉子さんの手の線の微妙さは、僕にはまだどうしてもつかめないのだ。どの線もまだ本当の線には合致しないのだ。僕は画をかき出してから三十年はたつが、まだ本当の線はひけないのだ、本当の形はつかめないのだ。今迄ごまかして来たのだ。それをなおすのは、大変だ。だが大変なことをするのが、僕は好きなのだ、物好きな話かも知れないが、僕はごまかしの仕事はしたくないのだ」

馬鹿一は自分の画に就《つい》て語り出すと時間の経《た》つのを忘れてしまう。
僕は馬鹿一が言葉を切った瞬間に、
「それでは今日は之で失礼するよ」と言って、やっと帰る機会をつかんだ。

三八

家に帰ってから、僕は稲田に手紙をかいた。

「御手紙昨日拝見しました。あなたのお気持はよくわかりました。第三者の冷淡さではとてもあなたの真情にふれられないことはわかっていますが、第三者としての言いわけも、慰めも、あなたには必要のないことと思います。今日早速、石かき先生の処にゆき、あなたの御意志をお伝えしましたが、石かき先生は今、モデルの手をかくので夢中になっていて、画《え》をかく処をお目にかけることは、出来ないようです。しかし唯逢《ただあ》ってお話するので、よければ、三時すぎて来て下さればお話するそうです。あなたの御都合のいい時、私を訪ねて来て下されば、いつでも御案内致します。しかし余り御期待なさらない方がいいかと思います。僕は御逢いになることを余りおすすめはしません。石かきさんは自分のことで頭が一杯の人です。他の人のことを考える余裕のない人です。話もあまりないと思います。しかし一度お逢いになって損するという人でもありませんから、又あなたも損なさる人でもないと思いますから。気軽にお逢いになるのも、何かの参考になるかと思います。少なくも今の時代には珍らしい人間には違いありません。真理先生が石かきさんを買いかぶっていらっしゃるのも、尤《もっと》もな所もあると思いますが、僕はまだ石かきさんに対しては半信半疑、少なくも十が十迄、石かきさんを信用しているわけではありません。変り物には違いありませんし、誠実な点では無比な処があるのも否定しませんが、賢さの点では疑問を持っています。ですから言うことも時々変な独《ひと》りわかりの所があります。其処《そこ》も御参考になるかも知れませんが、ともかくおすすめはしませんが、お逢いになるお気持があれば喜んで御案内します」

三九

それから二三日たった日曜の朝、真理先生が十時から何か話をするというので、出かけて見た。

十畳と八畳の間の襖《ふすま》がとりのぞかれて、其処にはもう三十人近い人が来ていた、大概、見知っている人々だ。稲田もいた。愛子さんもいた。愛子さんのお母さんもいた。その他も大概、一度か二度、真理先生の処で逢った顔が多かった。僕は顔見知りの人何人かと、黙礼し合った。真理先生はもう設けの席に坐《すわ》っていた。設けの席と言っても、小さい机が一つ前に置いてあるだけだ。まもなく十時がなった。先生は「人生肯定の道」という題で話をし出した。

「私は人生を肯定出来ている者ではありません。しかし人生を肯定したいと思って今日まで歩いて来たもので、私の一生はこの一つの目的に集中されて来たと言っていいのであります。私達は人生に対して何等の要求をする資格もない者であります。人生がどんなにつまらない、無意味なものであっても、生まれた以上は仕方のないものであります。私達はつくられたままに生きてゆくより仕方がないので、どんなにまずくつくられていても、私達は不平は言えないのであります。言えるかも知れませんが、言ってもどうにもならないものであります。例えば我々が蛇身のような姿につくられていても、我々は何ともしようがないのであります。

ところが我々は我々の想像出来る最も美しい、最も便利な、神様の姿としても恥かしくない人体の姿をもって生まれることが出来たことはいくら感謝しても感謝し切れないものがあると、少なくも私は感じている一人です。

私は指は六本あったらいいとは思いません。目は三つほしかったとも思いません。人間の手以上の手をほしいとも思わず、人間の身体《からだ》以上の身体を持ちたいとも思いません。尤も顔や、身体の出来のよしあしに就ては、いろいろ注文したいこともないとは言えませんが、人間であることに不服はないわけであります。私はそれ以上、人間の心の出来に不服を持たないものです。人間の心がどうつくられているか。私はそれを自分が十分知っているとは思いませんが。しかし私の知れる限りでも、人間の心はよく出来ていると思うので、私はその点、殊《こと》にありがたいと思っているもので、その結果、私は人生は肯定出来るものではないかと考えるようになり、今日までその為《ため》に骨折って来たわけです。骨折ったと言っても、別に大して骨折ったわけではありませんが、しかし私の考えの中心は、まず自分の生命を肯定したい、そして人間に生まれたすべての人の生命を肯定して上げたい、之が私の本願でした。このことを最近、私は確実に知ることが出来たのであります。今迄も今日程はっきりそのことを自覚してはいませんでしたが、その目標を目ざして歩いて来たのは事実と思います。人間以外の動物は自分の生命の無意味さを痛感する能力を与えられていないように思うのです。彼等は自然に生き、自然に死ぬ。生の喜びと、死の苦しみ、恐怖は痛感させられているのでしょうが、何の為に生きなければならないのかということは考える必要はないのだと思います。ところが人間になると、いろいろ考える能力が与えられている結果、自然のままに生きることで満足せず、自分勝手にいろいろ考える結果、『自分が生きて何になる』というような、自己否定の考えさえ抱くようになったのであります。人間はこの世で苦しんで生き、その結果、最後に死苦がある。人間に生まれなかった方がよかったのだ。そう考える人さえ出て来たのです。むしろ正直に言って、私達も人間の生きる不安をいつも感じさせられているわけで人生否定の方が、人生肯定よりずっと安価に持つことを我々は強《し》いられているわけで、考えない人は別ですが、少しでも考える人は、人生肯定なぞは、出来ない話のように思っている人が多いのではないかと思います。そして、多くの人は考えると人生が面白くなくなるので、なるべく考えないことにしているというのが現状ではないかと思われるのです。少なくも私にはそう思われるのですが、私はそれで満足出来ないのです。そして何とかして人生は無意味なものではない、空虚なものではない。生き甲斐《がい》のあるものだということを自分で信じ切りたいと思っているのです。さもなければ生きていることはあまりに空虚で、淋《さび》しすぎます。そうはお思いになりませんか。

しかし人生というものがどうしても肯定出来ないものなら、それも仕方がないと思うのですが、私はそうは思わないのです。

人間は無意味に生まれ、無意味に死ぬものとは思わないのです。私は人間は生まれるべくして生まれ、死すべくして死ぬものだと思われるのです。花が咲いて散るようなものです。咲くのも自然、散るのも自然、自然は両者をよしと見ている。私はそう考えているのです。

つまり私達は生まれるべくして生まれたのであります。この世に奇蹟《きせき》が行われないとすれば我々は、生まれるべくして生まれたのであります。善悪正邪以上の力で人間は生まれるべくして生まれたのであります。何が我々が生まれることを望んだか、私にはわかりません。しかし原因があって結果があるのです。何かの力がなくして我々は生まれるわけはないのです。子供が生まれれば、皆目出たいと言う。生まれた子供も、生々と生きられる時は、実に元気で、いつも嬉《うれ》しそうにしている。この力を私は知らないのです。しかしその力を私は信じるのです。内からあふれる生命力、先ず私はそれを信じるのです。本来の生命、自然はそれに何処《どこ》までも生きよと命じているのです。この命令は我々にとって絶対と言っていいのであります。私達が今日まで生きて来られた原動力はこの力であります。しかしこの力は他の生物にとっては無批判に生かされて来たのですが、人間になって、その力は理性的に生かすことを命じられたのであります。

ここに人間の人間たる所があるわけです。ですから我々はこの与えられた理性で我々の内からの生命をよく生かしてゆけば、自然からよしと見られるわけで自然からよしと見られることは、自己の生命が自然に肯定されたことになるので自然から肯定された生命は即《すなわ》ち内心から肯定された生命になるのです。つまり人生を肯定したいものは、自然から肯定される生活をすればいいわけであります。人類の生んだ最大宗教家の耶蘇《ヤソ》はこの自然を天父と名づけ、その意志通りに人間が生きることを要求しているのです。又人類最大の教師孔子は、之を天道とか、一もってつらぬくとか言っているので、人生は、天父の御旨《みむね》や、天道にそって行われれば、肯定されるわけでありま す。私は理窟《りくつ》でなしに、実感でそれを信じているものであります。

ですから私は、自然の深い意志にそって生きることを心がけ、又人々にもそれをおすすめしたいと思うのであります。人生は理窟ではありません。理窟ではわからないことだらけです。しかし実感で神の愛を感じられ、ありがた涙を流すことが出来れば、それでいいのです。ある尊敬する老いたる文豪は死ぬ時『さわやかだ』と言って死んだそうですが、さわやかさを実感して死ねれば、それでいいのではないのですか。人生は美しい、私はそれを知って生きてゆきたい。ところがこの世には愚かなものが多すぎて、人生の美しさを知らず、花が爛漫《らんまん》と咲きにおっている下を歩きながら、何か金でも落っこっていないかとさがして、ないので血眼《ちまなこ》になって、人生は醜いと言っている人が少なくないのではないのですか、もとより今の世の中は、人生の美を知らない人々によってつくられているので、醜いことだらけ、悲惨なことだらけと言えるかも知れませんが、それは人生が悪いのではなく、人間が愚かなのだと思います。自分の目の中の梁《うつばり》を気にしないで、他人の目のなかの塵《ちり》を気にするものが実に多く、好んで自分を不幸にしているもの、世の中を不幸にしているもの、他人を不幸にしているもの、真理に背中を向けているものが実に多い。そういう人許《ばか》りと言いたい位です。しかし我々は誇張してものを考えるのをやめましょう。存外世の中にはいい人が多い、真面目《まじめ》な人が多い、親切な人が多い。善良な人が多いと思っていいのだと思います。そしてそれ等の人は意識しないけれど、自然から愛されている平和な勤勉な人々であります。しかしそれ等の人は深い自然の意志を知っているわけではありませんから、何ものにも動かされない落ち着きを持っているわけではありません。偶然幸福な時が多いのにすぎません。我等はそれで満足は出来ません。我等は人生を肯定する道を、すべての人と一緒に前進し、すべての人が自然の意志に適《かな》うように、生きることを望んでやみません。それはつまり、すべての人が最も深い内心の要求で、本来の姿をそのまま正しく生かすことです。

自我心も、恋愛も、夫婦の愛も、博愛も、自然の意志、人類の意志に適った形に於《お》いて貴いのです。虚偽であってはならないのです。又どんな逆境でも、孤独な時でもその人が全力を出して、自分のなすべきことをなす時、最も力強い生命がその人の体内に、或《あるい》は精神的にあふれ出て、その人に生き甲斐を与えるのであります。日々決心を新たにして、自己の本来の生命を完《まった》き姿で生かそうとするもの、その人こそ人生肯定の道を歩いている人と言えるわけです。理窟ではなく、実感で、全心全身で人生を肯定出来る道をお歩き下さい。このことはいかなる時でも、人間が生きている限り、可能なことであります。それを信じて生きぬいて下さい」

其処で、真理先生の話は終った。皆、帰って行った。あとに残ったのは三四人だった。愛子もいつのまにか姿を消していた。稲田は残っていた。そして僕に、

「今日午後お伺いしてもよろしいか」と言った。

「どうぞ」僕はそう言った。

四〇

午後二時頃稲田はやって来た。上れと言ったら、素直に上って来た。何を話していいか僕には一寸見当がつかなかったが、稲田は話の上手な男ではなかった。僕の方から話さないと話が途絶えがちだった。稲田はいくらでも黙っていられる質《たち》らしいが、

僕の方はそうはゆかなかった。

「画をやることにきめたそうですね」

「他にやれそうもないので」

「僕は君は哲学でもやるのかと思っていました」

「何をやるかまだきめていなかったのです。ところが何ということなしに不意に画がやりたくなったのです。もともと画は好きでしたし、やりたい気はあったのですが、まだその決心が出来なかったのです。ところが不意に石にかじりついても画をやって見ようという気になったのです。親も承知してくれたのです」

「石かきさんの画はどう思っているのです」

「感心はしていますが、僕はああいう画がかきたいとは思っていないのです。僕はもっと自由なものをかいて見たいと思っているのです。大作もやれたらやりたいと思っているのです。石かき先生の画《え》は少し仙人風の画に僕には思われるのです。僕はもっと人間らしい画をかきたいと思っているのです」

「誰を一番尊敬しているのです」

「ミケルアンゼロです」稲田は躊躇《ちゅうちょ》せずにそう答えた。

「それじゃ石かきさんの画に感心するのはへんですね」

「でも感心しているのは事実なのです。あの位、自分の仕事に没頭出来るのは偉いと思います。そして今の世で一番仕合せな方は真理先生か石かき先生ではないかと思うのです。僕は、二人のようになれるとも思いませんし、なりたいとも思いませんが、尊敬はしているのです」

「二人は仕合せな方ですね。僕も真似《まね》はしたいとは思いませんが」

「二人とも随分性格はちがっていると思うのです。先生はそうはお思いになりませんか」

「僕を先生と言うのは、よして下さい。僕は先生と言われると、ひやかされている気がするのです」

「でも他に呼びようがないのですから、許して下さい。山谷さんとも言えませんからね」

「そうですかね。ともかく二人の性格がちがうのは事実ですね。一人はこちこちであり、一人は自由のようですね」

「真理先生は、一面、煮ても焼いても食えない処《ところ》があると、先生はお思いになりませんか」

「そんな処もないとは言えませんね」

「僕は真理先生に救われた一人ですが、真理先生には僕にのみ込めない半面もあるのです。其処《そこ》へゆくと、石かき先生の方は見た通りの人という気がするのです」

「たしかにそういう処がありますね。僕は真理先生を全部的に尊敬していますがね」

「あの先生は、僕達には一寸《ちょっと》大きすぎるのか、つかめない所があるのです。先生にいつかそう言ったら、僕は大きすぎるのではないよ。のん気なお人よしなのだよ。誰にもすぐ好意を持ってしまうのだ。この世には実にいろいろの人がいるが、僕は逢《あ》うと、殊にさし向いで逢うと、すぐその人に好意を持ってしまうのだ。まあ気が多いのだね。いいことか、わるいことか、僕にはわからない。そんなことをおっしゃっていらっしゃいましたが、僕は先生のおっしゃることも本当だが、僕の持っている風呂敷《ふろしき》の中に真理先生ははいれない方だが、石かき先生の方は僕の風呂敷のなかにも入ることの出来る方ではないかと思うのです」

「たしかに石かきさんは、単純な処がありますよ。しかし正体はやはりわかりませんね。僕にはいまだに石かきさんが、馬鹿《ばか》だか利口だかわからないのです。それではそろそろ出かけて見ますか」

「お伴しましょう」僕は稲田と家を出た。

四一

馬鹿一は珍らしく石をかいていた。運がいいと言っていいのだろう。稲田は喜んで馬鹿一の石をかくのを見ていた。

僕はさっきから壁にピンでとめてある杉子の顔を見ている。之は馬鹿一がかいたとは一寸思えない程、要領よく単純に、一筆でかいたと言ってもいいような、何処かマチスのデッサンに似ている画だった。それで不思議に杉子の感じが出ていた。まぐれ当りにかけたような画で、一寸ほしくなる画だった。馬鹿一が石を一つかき上げた時、僕は言った。

「この杉子さんの画は似てるね」

「似てるだろう」

「君にしては珍らしいかき方をしたものだね」

「杉子さんが、西洋人の画集を見せてね、私の顔をこんな風にかいて見てくれと言うのだ。杉子さんの言うことだから、言われた通りかいて見たら、あんなものが出来たのだ。自分ではいいものか、わるいものかわからないのだ。杉子さんに気に入ったので、杉子さんが壁にピンでとめてくれたのだ。そして之《これ》からも時々こういう調子でおかきなさいと、言われているのだ」

「杉子さんの言うことならなんでも君はきくのか」

「それは聞くね。あの人は僕にとっては天使だからね。あの人が来てから、僕の考えは変って来たよ」

「どう変ったのだ」

「この世は平等でないということを教えられた」

「奇蹟だね」

「どうして」

「君の頑固な考えを破ることが出来た人が出て来たのは、正《まさ》に奇蹟だよ。僕達は君程、頑固に持説をまげない人はないと思っていたよ」

「そうかね。僕はいつだって自分の考えがまちがっていることがわかれば、なおして来たつもりだがね」

「なおしたことがあるかね、僕達が何度君に忠告したかわからないが、一度だって君は僕達の言うことを聞いたことはないよ」

「それは君達がまちがったことを言うからさ、君達がまちがいないことを言ったことがあるかね。君達がまちがいないことを言えば、勿論《もちろん》僕はよろこんで聞いたのだよ」

「君は今迄《まで》に誰の言うことも一度も聞いたことはないよ」

「そんなことはないよ。真理先生が人間をかけと言ってくれたから、僕は人間をかくことになったのは、君は忘れたのかね」

「ともかく君は頑固だよ」

「ともかく君達は、まちがったこと許り言っていたのは事実だ。君達の言うことを聞いていたら、僕はどんな画をかいていたかね、僕はいつだって、自分でこうだと思ったことは、実行して来たよ。君達の忠告だって、本当だと思ったことは、聞いて来たつもりだよ」

「まあ、そのことはその位で妥協することにしておくが、平等観が、差別観に変った動機はどういうのだ」

「つまり、僕はいろいろの石ころをためていた。そしてどれも同じように美しく、同じようにそのものは自然の片鱗《へんりん》だ。だからどんなものも見てゆくと、其処に必然さがあり、美しさがあると思っていた。雑草でも、どんな美しい花でも、自然の前には平等で、無限の美しさが感じられる点で平等だと思っていたのだ。ところが杉子さんはその沢山の石の内から三つだけとって、之は少しは綺麗《きれい》ね、だがあとは下らない石じゃないの、こんな石何処《どこ》にだっておっこっているわと言うのだ。いつか君が拾って来てくれた石なぞも、こんな下らない石を、なぜ大事そうにとっておくのと言って、捨ててしまいなさいとそう言うのだ。そう言われて見ると、僕もそんな気がしてくるのだ、僕はどれでも自然の子であり、どれも平等に日光を受け、どれも平等に雨に潤《うるお》わされて存在しているもので、人間の智慧《ちえ》で、価値をきめるのは悪いような気がしていたのだ。又見ようによればどれも面白く思えるのだった。だがそれが反《かえ》って不自然である。石にもやはり、人間と同じように、美しいのと美しくないのがある。これは現実としてやむを得ないことだというごくあたりまえのことが、わかったような気がするのだ。それで僕は思い切って、石を十だけ残して、あとは庭に捨ててしまったのだよ。この世に不公平なことがあることはいやなことだ。だが百姓は雑草を作るわけにはゆかない。五穀や野菜をつくる為《ため》には雑草をぬきとらなければならない。害虫も退治なければならない。公平ということは神には出来るかも知れないが、人間には出来ない。画家だってそうだ。かきたくってたまらないものと、それ程かきたくないものがある。僕は見たものはなんでもかきたくなる質《たち》だが、しかしかいてゆくに従って益々《ますます》本気になれるものと、かいているうちに段々情熱を失ってくるものもあることは事実だ。かくのが怖《こわ》くなる程美しいものもある。僕は自分に正直になると、杉子さんの言う方が本当だと思わないわけにゆかなくなったのだ」

「この石は気に入っているのか」

「この石は杉子さんが今日持って来てくれたのだよ。この前の日曜日に友達と玉川に行って、僕の為に拾って来てくれたのだよ。この形も美しいと思わないかね。今日は一日杉子さんの休みの日なので、今朝から一寸手につかなかったのだが、不意にこの石がかきたくなったのだ」

僕は、「そうか」と言って、気軽にその石を取って見ようと手を出したら、馬鹿一はあわてて言った。

「その石にはさわらないでくれよ。かいているのだから」

「それは失礼」

馬鹿一はそれから稲田に気がついたらしく、稲田に話しかけた。

「画をおやりになるのですか」

「やりたいと思っています」

「大いにやって下さい、日本にも今後本当の画家が出て来ていいと思っています。僕達は下らない画家は沢山と思いますが、しかし偉い画家になりたがりすぎるのもどうかと思いますね。僕は何処までも本物の画家になりたいと思いますね。画をかくことは実に楽しいことですから、その楽しみを何処までも味わえることに感謝して、それだけ皆にも喜んで貰《もら》える画をかかないと悪く思いますね。他に仕事があって、楽しみに画をかく人には、僕はあまり多くを要求しませんが、本当に画をやろうと思う人には、僕は大いに勉強して、自分の個性を生かし切って貰いたいと思いますね。画をかくということは、真剣な楽しみです。僕はこの頃程、自分が画家だということに喜びを感じている時はありません。実際、僕は長い間、皆に馬鹿にされて来ました。馬鹿にされることとは大したこととは思いませんが、自分の画がものにならないのには困りました。誠実と真剣、それだけが僕を導いてくれたのです。まだだめですが、この頃やっと、芽が出だして来ました。四十年の苦心で、やっと道がわかりかけたのです。尤《もっと》も私は鈍骨すぎました。隅っこに首を突込んで身動きが出来ませんでした。自分で も何処に自分がゆけるのか、まるで見当がつきませんでした。ただ自分の歩ける道をこつこつ歩いたのです。それより他仕方がない道を歩いて来ました。僕はそれを後悔していないのです。そのおかげで今日のような、仕合せな世界に入れたのです。之も偏《ひとえ》に真理先生のおかげだと思って、ありがたく思っています」

馬鹿一はそう言った。馬鹿一は杉子が、真理先生からよこされたものと思いこんでいる。稲田はそんなことを知っているわけはないのだ。僕は馬鹿一が杉子さんに夢中になって来たのを感じないわけにはゆかなかった。

「それでは一寸失礼して、もう少しこの画をかかして貰います」

殆《ほとん》ど出来上っていると思われる石の画、それはひつこくかかれた墨画と水彩画の間のような画だった。彼はだまって石の方を見つめ、そして又自分の画を見、自分の画を見、又石の方を見た。一筆もぬらずに、彼は何度も目を両方に移した。そして白専用にしている筆をとりあげて、一個処にぬった。それから又白緑をぬりつける筆をとりあげ、一心に石を見つめて画面の一個処に五六の小さい点を打った。それから今度は墨の筆をとりあげて、色の濃淡を調べて一寸した線をひいた。そして又見くらべた。馬鹿一はもう僕達のいることは忘れて三昧境《さんまいきょう》に入っているようだった。稲田はそれを目を光らして見ていた。帰りに稲田は言った。

「真剣な人を見るのは凄《すご》いものですね」

四二

それから何日かすぎた。暑い日が続いた。僕は家にいて半裸体になってくだらない本を見ていた。すると誰か訪ねて来た。妻が出た。妻は驚いた顔をして、僕にそっと言った。

「あの変人さんがいらっしゃいました。何かあったと見えて、血相を変えていらっしやいます」

僕は驚いて着物を着なおして出て見た。其処《そこ》に馬鹿一が、気でもちがったのではないかと思われる気色で立っていた。

「どうしたのだ」

「大変なことが出来たのだ。どうしていいかわからない。君に助けて貰おうと思って来たのだ」

「まあ上らないか」

馬鹿一は黙って上って来たが、泣きじゃくりした。

「何が起ったのだ」

「君は杉子さんの処《ところ》を知っているか」

「知らない」

「君も知らないのか」絶望的な声を出した。

「調べればわかる」

「本当にわかるのか」

「わかる」

「調べてくれないか」

「どうかしたのか」

「大しくじりをしてしまったのだ」

「杉子さんは来ないのか」

「来ない」

「どうして来ないのか、病気か」

「病気ならいいのだが、怒らしてしまったらしい」

「どうして」

「僕が馬鹿《ばか》だったのだ。誤解したのだ」

「どう誤解したのだ」

「それは僕の口からは言えないが、一度杉子さんに逢《あ》いたいのだ、逢って僕の気持を話したいのだ」

「それなら之から僕が出かけて、杉子さんに逢って来よう」

「君は逢えるのか」

「逢える」

「本当か」

「嘘《うそ》は言わないよ」馬鹿一は僕の前に頭をさげた。

「たのむ、勿論、杉子さんは君が逢えば、僕の悪口を言うと思うが、僕は杉子さんに悪意はなかったのだ。ただそう言っただけではわからないと思うから、僕は手紙をかくからそれを持っていって見せてもらいたいのだ。手紙をかいてすぐ持ってくるから、それから出かけてもらいたいのだ。実は今、真理先生の処へ行ったのだが、真理先生は杉子さんのことは何にも知らないと言うのだよ。そして君は知っているだろうと言うのだ。君が知っていなかったらどうしようかと思っていたが、君が知っていてくれるのは実にありがたい。すぐ手紙をかいてくる。僕は杉子さんにあやまらないではどうしても落ちつけないのだが、杉子さんの処がまるでわからないので、逢いようがないので、どうしようかと思っていた。君が知っていてくれるのは、実にありがたい。すぐかいてくるから待っていてもらいたい」

馬鹿一はそう言って帰った。僕は門まで出て見たら、彼は本当に駈《か》けて帰って行った。僕もその後ろ姿を見たら涙が出て来た。この人のよすぎる老人の為に僕は出来るだけのことをしたいと思った。何をし出かしたのか僕には見当がつかなかったが、杉子さんに求婚でもしたのではないかと思った。そう思うと、同情するよりは噴《ふ》き出したくなった。しかしはっきりしたことはわからなかった。杉子さんは馬鹿一をもてあまして、逃げたのかとも思った。逃げる杉子さんに同情出来るが、それだと馬鹿一が気の毒にも思った。

　馬鹿一は中々来なかった。三時間程たって息せき切ってやって来た。

「之《これ》を届けて貰いたい。そして杉子さんに逢った時の様子を万事知らしてもらいたい」

　と言った。馬鹿一は前よりおちついていた。

「今日逢えるかどうかはわからないが、杉子さんの様子はわかると思う。晩に来て見たら、杉子さんの消息をいくらか知らせることが出来るだろう。いつから杉子さんは来ないのか」

「今日で三日来ないのだ」

「何んだ三日来ないだけで、そんなに参っているのか」

「今度は本当に参った。この気持は君にはわかるまい」

「どんなことがあっても、君はくたばっちゃ駄目だよ」

「あんまり調子にのりすぎたのだ、柄にもなく。自業自得《じごう》なのだ。杉子さんは少しも悪くない。悪くない処か、僕は杉子さんを益々尊敬しているのだ。今迄尊敬し方が足りなかったのが、いけなかったのだ。己を知らなかったのもよくなかった。それではすぐ行ってくれるか」

「すぐ行くよ」

「それでは晩に又来てもいいね」

「僕の方から報告に行こう」

「それはすまないね」

「帰り道によるよ」

「そうしてくれれば実にありがたい」馬鹿一はそう言った。

「それでも君にまで軽蔑《けいべつ》されるかも知れない。本当に僕は恥知らずだったのだ」

僕は何を仕出かしたのか、とり返しのつかないことを仕出かしたのかと思った。然《しか》しどんなことをしても僕はこの男は憎めないと思った。

四三

僕は馬鹿一の杉子宛《あて》の手紙を持って家を出た。もとより自分が目ざしている処は白雲子の家である。馬鹿一は何を仕出かしたのか、僕には想像が出来なくはないが、僕の想像はあまりいい想像ではない。そんな想像をすることが僕の人格を疑われることである。しかし他に想像は出来ない。困った奴《やつ》だと思った。早すぎると思った。無分別な男と思った。しかしどんなことをして杉子さんを怒らしたのか、僕には見当がつかなかった。同情するには滑稽《こっけい》すぎることのように思えたが、あの馬鹿一の真剣な顔を見ると、同情したくなるのは事実だった。本当にしょげ切っていた。あの最後に稲田と行って逢った時の喜びを知っているだけ、喜びの絶頂から失望のどん底に落ち入った事実を、僕は馬鹿一の表情で直接法に知らされたわけだ。

あの時の馬鹿一はたしかに今迄《まで》の馬鹿一に見られない、喜悦《きえつ》に酔い切っていることが察しられた。そして今の馬鹿一は今迄に見たことのない不幸のどん底に落ちた人間だ。死の谷をさまよっている男と言っても、誇張ではない。何を仕出かしたのだ。取り返しのつかないことを仕出かしたのかも知れない。今後の馬鹿一はどんな生活をするであろう。

僕は白雲子の家に近づくにしたがって、自分の使いがいかに馬鹿げた使いであるかを感じないわけにはゆかなかった。そしていつものように白雲子に逢うのが楽しくなかった。逢うのが躊躇《ちゅうちょ》された。しかし逢わないわけにもゆかないので、図々《ずうずう》しい気持になって、白雲子の家を訪ねた。白雲子は家にいた。僕はいつもの応接間に通された。白雲子はすぐにはあらわれなかった。僕は応接間の壁に見なれぬ、裸体のデッサンが二つ並べてかけてあるのに気がついた。

それは両方とも杉子さんの裸体をかいたものにちがいなかった。両方とも同じポーズをしている。そして両方とも一つの線でかかれている。だが何というちがったかき方のしてある二つの画《え》であろう。一方は実によくかけている。一目でそれは白雲子がかいたものだということがわかる。だが他方は実に幼稚なかき方がしてある。白雲子の画の方の線は殆どすべての身体《からだ》の部分の輪郭が実に達者な一つの線でかかれている。気持がいい線である。もう一つの画の方は、どの線も実にたどたどしく、不決心にかかれている。一寸位で筆がとめられて、あと又二三寸の線がつけ加えられているというように、一つの線も考え考えかかれている。一目見て下らない画に見え、こんな贅《ぜい》沢《たく》な室《へや》の壁には凡《およ》そ不つりあいな画に思われる。

だが僕はこの二つの画を何となく見くらべているうちに、不思議な感じをうけた。それは下手な画の方が、変に上品で、うまい画の方が俗なように思えて来たことだ。確かに白雲子の画の方が、画としては比べるのも可笑《おか》しい程、価値の高いものであろう。そして決して俗な画ではない。しかし一方の実に下手な画は、又不思議に品があるので、さすがの白雲子の画も俗に見えてくるのだ。

僕にはそれがどうしてかわからなかった。だがその時、僕は始めてあることに思い当った。この画は馬鹿一の画に違いない。そして馬鹿一は遂《つい》に杉子さんの裸体をかいたのだ。ふるえる手でかいたのだ。しかしいつもの馬鹿一の画としては、この画のかき方は実に違っている。いつもの画はごてごてかいているのに、この画は一つの線でかいてある。同じ処を二度とは線をひいていない。その変ったかき方がしてあるので、僕は始めこの画を馬鹿一の画とは思わなかったのだ。

僕はこの画を見たので、馬鹿一のしくじりが、いくらか見当がついたようにも思った。その時、白雲子が入って来て言った。

「君が来るだろうと思っていたよ。石かきさんにたのまれて様子を見に来たのだろう。本当に石かきさんは困った馬鹿だよ。僕も手のつけようがないのだ」

「どうしたのです。僕にはよく事情がわからないのです。僕は石かきさんがあんまり弱っているので」

「いくら弱っていたって駄目だよ。非常識すぎるからね。身の程を知らなすぎるよ。杉子は、僕が何と言ったって、もう石かきさんの処にはゆかないと言うのだ。僕には石かきさんの気持はよくわかる。そして二度とあんな馬鹿なことはしないにちがいない。だから僕は安心して、ゆけと言ったのだが、どうしてもいやだと言うのだ。僕はそれで怒ったのだが、杉子は言うのだ、あなたが死ねと言えば私は死にます。しかしあなたがいくら石かき先生の処にゆけとおっしゃっても私はゆきません。こう言われては僕も何とも言えない」

「馬鹿一はどんなことをしたのです」

「君は知らないのか」

「何にも知らないのです」

「君にも話せないと見えるね。話は簡単なのだ。杉子がモデルになっているうちに、つい居眠りしたのだ。裸体で二人きりの処で居眠りしたのがいけないのだが、ついいい気持でねてしまったのだそうだ、そうすると何か夢を見たらしいのだ、怖い夢を見たらしい、すると何か自分に近づくものの気配がしたのだね。それで杉子がふと目をあいたのだ。すると石かきさんの顔が一寸位の処にせまって来ていたらしいのだ。奴《やっこ》さん接吻《せっぷん》しようと思ったらしいのだ。ところがあの顔で、それがあんまり近くに来たので、目玉が鼻の上にくっついて見えたのだね。杉子は思わず、きゃっと言って飛び起きたのだそうだ。石かきさんということを考える暇もなしに驚いたらしい。そしたら石かきさんの方も驚いたらしいのだ。そして何かわけのわからないことを言ったそうだが、杉子はそれを聞く気もしなかった。そしてその化物が石かき先生だと知ると、無上《むじょう》に腹が立ったらしいのだ。それで挨拶《あいさつ》もせずにあわてて着物を着て逃げて僕の処にとんで来たのだ。僕はその話を聞いて大笑いしたが、杉子は思い出してもぞっとすると言って、すっかり怒っているのだ。僕は石かきさんを責めようとは思わないが、杉子が驚いたのは尤《もっと》もだと思うのだ。そして石かきさんを大馬鹿だと思うのだよ。僕も残念だが手をひくより仕方がないと思っているのだ」

「そうか、それは杉子さんが驚かれたのは当然だね。僕もそれを聞いて、馬鹿一が困るのは自業自得だと思うね。杉子さんに又来てくれとは言えないね」

「言ったたって駄目だよ」

「どうして杉子さんは裸体になったのかね」

「それは僕が杉子に命令したのだよ。僕がだまっていれば、この夏中手や首をかいてすましそうなのでね。話を聞くだけで僕の方がいらいらしたのだ。そして杉子に、何かいい理由をつけて、裸体をかいてもらえと言ったのだ。それがいけなかったらしい。杉子は四五日前に、とうとう裸体になることに成功して、あの画をかかしたのだ」

「やはりあれは馬鹿一の画なのだね。いつもの画とちがって、一つの線だけでかいてあるので、一寸見た時はわからなかった」

「僕が杉子に言わさして、わざと一つの線だけで、二度とくり返して線をひかないで、かいてもらわさしたのだよ。あの画には僕は感心しているのだ。感心しているよりは、どうも僕にはわからない処《ところ》があるので、あすこに僕の画と並べてかけて、いろいろの人の意見を聞いているのだ、十人が十人僕の画をほめるがね。さすがに泰山は偉い奴だ。一目見てこの石かきさんの画は大した画ですね。兄さんの画が、この画の前には俗に見えますからねと言ったよ。僕の痛い処をちゃんと見ぬいたね。だがどうして気品が出るのかという点になるとわからなかった。少しはわかるが、どうも腑《ふ》におちる程はわからない。しかしこんな画をかく男が、あんな馬鹿なことをするとは、人間というものは信用の出来ないものだね」

「先生のお話聞いて僕もあきらめますがね。この手紙を杉子さんにおついでの時、渡していただけないでしょうか」

「杉子なら今家にいるがね。しかし手紙は見ないだろう」

そう白雲子は言いながら馬鹿一の手紙を僕から受けとった。

「杉子は見ないだろうが、代りに僕がよんで、杉子に代って返事をして上げよう。君はそれを、なるべく相手をよわらさないように、返事したらいいだろう」

そう言って、白雲子は平気で、あたりまえのことをするように、封を破って読み出した。

始めの方で大きな声を出して笑った白雲子も、段々真面目《まじめ》な顔になった。そのうちに白雲子は、泣きじゃくりし大粒の涙をこぼした。そして読み上げると、僕によめと、さし出した。

四四

其処《そこ》にはこうかいてあった。

「杉子さま。誠に愚かな、愚かな私、なんとおわびしていいかわかりません。私はあなたを天女のように思っています。そのあなたに私がどうして失礼なことをしようとしましたか、その私の気持をどうかお察し下さい。そしてどうぞ私の失礼をお許し下さい。許すと言って戴《いただ》ければ私は本当にありがたいのです。それ以上は、私はのぞむ資格のないものだということは十分に知っております。私のようなもののために、毎日毎日モデルになる為《ため》に、おいそがしい御身体で、遠い処に通って来て下さった、その御好意は、何と感謝していいかわかりません。私はどの位、感謝していたか、ありがたく思っていたかは、あなたはその万分の一も御察し下さることが出来ないだろうと思います。本当に本当にありがとうございました。私はいつかいつかその御恩に報いる時が来ることを信じ、又そうありたいとどの位、願っておりましたろう。

あなたも御存知のように、私は実に愚かな老人で、誰からも無視され、軽蔑されている、貧しい、下手な画家です。それ以上に私は誰にも好かれない醜い老人です。ただ気ちがいのように画がかきたいだけの老人です。この私に心ゆく限り画をかかしてくれるのは、雑草と石だけでした。その後人形も、私にかくことを許してくれました。私は人形をかいているうちに、人間がかいて見たくなりました。だが私にそんな贅沢は許されていないことを知り、あきらめていたわけです。ところが其処にあなたが不意にあらわれたのです。はきだめに鶴《つる》という言葉がありますが、その言葉通りの奇蹟《きせき》が私の身の上に行われたのです。夢としか思えませんでした。あまりにありがたいことです。信じられない事実でした。私は驚畏《きょうい》して毎日あなたの御光来を待ちうけたのです。私の真心はあなたに通じたのだと私は思っていました。私は他のことでは誰にも劣った人間です。しかし真心では、誰にも負けない、殊《こと》にあなたの美がわかる点では、私以上のものはないと自惚《うぬぼ》れました。あなたも、その私の誠意を御感じになって来て下さるのだと思いました。実際、私程、あなたを崇拝しあなたに感謝しているものは他にはないと私は思っております。又あなたの御恩を私程感じているものはないと思います。実際、あなたはなんという美しい、肉体も心も美しい方だろうと私は崇拝し切ったのです。私は毎日心の内に国旗をかかげ、御出迎え申したわけです。

あなたは雨のふる日も、風の日も、必ず時間通りに来てくれました。そして人形以上に動かず、私の為に洗濯ものさえひき受けて下され、時々は食物さえ持って来て下さいました。私は口が下手ですし、御世辞は言えない質《たち》ですし、いくら口で言っても、私の感謝はあらわせるものでもありませんから、私はただ黙って感謝していました。ところが今から六日前、あなたは、暑いとおっしゃって、裸体になっていい？　とおっしゃいました。私はおどろきました。何と御返辞していいか、私はただ池に浮び上った鯉《こい》のようにあっぷあっぷ口を動かしただけでした。するとあなたはいきなり裸体になられました。私が見たいと心の底からのぞんでいた夢が、現実として目の前に現われたのです。神の姿、まぶしいような御姿、私は心で泣きました。ありがたくって、私は美神の前に心から跪《ひざま》ずきました。私が画家であることを認めて下さって、私の為に進んで裸体になって下さったそのあなたの御心の前には、私は生命《いのち》もいらないと思いました。

その時、あなたは私に難題を出されました。一つの線で、私のからだをかいて下さい、同じ処は二度と線をひかないで。私は女神の御命令を畏《かし》こんで、ぶるぶるふるえながら、いつもよりもなお下手な画をかきました。そしてそれをあなたに捧《ささ》げました。私の一生はこの瞬間を味わうためにあったと言っていいと思います。あの時なぜ私は死ななかったのです。神様はなぜあの時私を殺してくれなかったのです。あの時死ねたら、私程、仕合せものはなかったでしょう。

その翌日、その又翌日、私はどんなに神に感謝しましたか。そしてとうとうあの恐ろしい日が来たのです。身の程を知らないということは実に恐ろしいことです。

　私はあの時、あなたが、私の前で安心し切って眠っていらっしゃる、その無心さ、その可憐《かれん》さ、可愛《かわい》さ、私は無限にあの瞬間あなたが可憐で可憐で、可愛いくって、可愛いくって仕方がなくなったのです。私の前で、裸体のまますやすや眠れるあなたは何という心の美しい、又私を信用し切ってくれてる、私はそう思うと、ついあなたをわが子のように思い、あなたの額につい接吻する気になったのです。呪《のろ》われてあれ、その自惚れすぎた思い上った心。

　あなたは目をあいた、叫んだ。私は余りに予期しないことが起ったので、私はあわててしまいました。あなたの姿は遂に失った。その翌日どんなにあなたをお待ちしたでしょう。生きている力もない位、私は一日うろうろしました。あなたの居処《いどころ》も知らなかった、うかつな自分に気がついて、私はどうしたらいいか、あわててしまいました。私が自分の愚かさから罰を受けるのはやむを得ないと思いますが、御恩になったあなたに、恩に報いるのに私は何という恥知らずのことを仕出かしたのでしょう。本当に本当にとり返しのつかないことをしました。御許し下さいと言ってももう取り返しがつかないと思いますが、私の気持は以上の通りですから、どうか私の罪をお許し願います。今生《こんじょう》でもう一度お逢《あ》い出来て、あなたの笑い顔を見ることが出来たら、私は天にものぼった気になれると思います。そんな時が来ることを私は一心に望んでおります。この望みが虫のいい望みでしたらどうぞお笑い下さい。私は何とかして生きてゆくつもりですから、私のことは御心配なく、あなたのお気のすむよう御行動願います。本当にすみませんでした。御不快をお与えしようとは私は少しも思っておりませんでした。私の愚かさが、実に実に後悔されます」

其処で馬鹿一の手紙は終っていた。僕もある処を読んだ時少し涙ぐみかけたが、泣く処まではゆかなかった。僕は今更に馬鹿一に同情したのは事実だが、白雲子の感情家なのにも感心したのは事実だった。白雲子は僕がよみ上げたのを見て言った。

「すっかり石かきさんが、好きになった。あの画《え》のよさが、始めてはっきりした。杉子にこの手紙を見せてくる」白雲子は引っこんで行った。中々出て来なかったが、とうとう出て来た。

「随分待ったろう。中々承知しないので困った。話をきけば無理がないのでね。僕が考えていたような呑気《のんき》なものじゃなかった」

「承知されたのか」

「まあね、僕は簡単に考えていたが、杉子にとっては、中々大変なことだったらしい、僕は散々恨まれてしまった。君だから話すが、杉子は僕を恨んでいるのだ。僕が杉子の感情を無視していたと言ってね。言われて見て始めて僕は驚いたね。つまり杉子は、愛子さんが、石かきさんの処にゆくのを絶対にいやがっていたということを石かきさんに何かの話の時、聞いたらしい、それで自分が愛子さんの代理に、僕から石かきさんの処にゆけと言われたようにとったらしい、それが大変不愉快だったらしいのだ。だが石かきさんがあんまり人がいいので、その点まあ辛抱してなるべく不快に思わないように、心がけていた処に今度のことが起ったので、もう僕に何と言われても行かないと、決心していたらしいのだ。自分の人格を無視している。尤も私はくさった林《りん》檎《ご》には違いありませんから、はきだめに捨てられても、苦情は言えない人間ですがねと言って、泣き出されてしまった。僕は何と言っていいかわからないのでね。あまり僕の考えている世界とちがう世界を見せつけられたので、僕は困って黙って泣くのを見ていたのだが、そのうちに同情していてもおちつかない。僕をいやしい人間に思い過ぎているような気もして、むらむらと腹が立って来て、勝手にしろとそう言ったのだよ。そうするとなお泣きじゃくりするので、僕はとうとう腹が立ちすぎて、つい怒鳴ったのだ。もう僕の所に来るな、絶交しよう、俺の心を知らなすぎる。すると恨めしそうに僕の顔を見た。その顔を見ると僕もつい涙を出しちゃった。すると杉子は、『行きます、行きます、行けばいいのでしょ』と言った。『行かないでもいいのだ、俺の気持がよくわかれば』と僕は言った。『行ってもいいのです。ですけど石かきさんと二人だけは困ります』と杉子は言うのだ。『どうして』と言ったら、杉子は、『あの人が気の毒になりすぎることが恐ろしいのだ』と言うのだ。『あの人の生活にしばりつけられてはたまらないことは十分知っていますが、ある瞬間にあの人を同情しすぎたら、どんなことにならないともわからない、あの人は常識人ではないのですから、私はあの人が怖い、あの人の人のよすぎる点が怖いのです、そしてそんな怖い人の処へ、先生が平気で行けとおっしゃる気持が、私には、腹が立って仕方がなかったのです。でも先生はお人がよすぎるのですわ。私の方がひがんでいたことがわかりましたわ』そう杉子は言って笑った。それで二人で相談してね、二つの条件を持ち出して、それが聞いてもらえたら、行ってもいいということになったのだ、二つの条件というのは、一つは休みたい時はいつでも休む自由と、二人きりにならないで、いつも誰かわきにいてもらうことの二つだ。この二つの条件を石かきさんが承知してくれれば、明日からでも行ってもいいことになったのだ。僕は無理な条件とは思わないのだが、どうだろうね」

「勿論《もちろん》どんな条件だって、石かきさんは承知しますよ」

「だがいつも三人いるということは厄介な話だと思うが、杉子はそれを絶対の条件にしているのだが、君はどうかね」

「それは僕は困りますね。二三日ならいいけど毎日石かきさんの相手はたまりませんよ。だが、僕の知っている若い画かきがいるからその男なら毎日でもよろこんで杉子さんをかきにゆくだろうと思うね」

「もしその人がだめだったら、僕も何とか考えよう」

「大概承知すると思いますね」僕はその時稲田のことを頭に浮べていたのだった。

四五

それから僕は改めて白雲子に言った。

「それから僕は一寸でいいから杉子さんに逢わしてもらいたいですね。馬鹿一に逢うと、きっと杉子さんに逢えたかと聞くにちがいない。嘘《うそ》を言ってもいいと思うが、やはり事実逢っておいた方が話しいいですからね」

「それは逢わすのは何んでもないが、今杉子はへんに興奮しているのでね。あまり刺《し》戟《げき》的な言葉はつかってもらいたくないのだ」

「まだ馬鹿一を不快に思っているのですか」

「石かきさんを不快に思っているわけではないのだ。僕のやり方に怒っているのだ。

僕も今まで何にも気がつかずに、杉子はなんでも僕の言うことなら聞くと簡単にきめていたのだが、杉子だってやはり年頃の女だったのだ。一寸の虫に五分の魂というが杉子は一寸の虫処《どころ》じゃないのだから、五分の魂以上のものを持っていたわけなのだね。それを僕に今迄《まで》少しも見せなかったのでね。僕は気がつかなかったのだ。それで杉子が随分ひがんでいたらしいのだ。ところに今度のことが起ったのでね。杉子はつい正体を出したのだね。ところが杉子は自分の誤解だったことはわかったのだが、出してしまった正体は、そう気軽に引っこめるわけにゆかないので、杉子は少し興奮しているのだ」

「正体をあらわしたというのはどういうことなのです」

「つまり、僕に対して、内心非常な反感を持っていたらしいのだ。石かきさんのモデルに僕がやった動機を、とても僕には想像が出来ない程、悪くとったらしいのだ。それで今度のことは、辛抱が出来ない程、くやしかったらしいのだ」

「先生のおっしゃることは少しもわかりませんね」

「君にも少し責任があるのだよ」

「なおわかりませんね」

「つまり愛子さんに杉子はこだわっていたのだね。もっと委《くわ》しく言うとね。僕の息子が杉子を好きになりそうな傾向が見えたので、僕の妻が心配してね。僕に相談したのだ。僕は杉子を悪い女とは思っていないが、それ以上珍らしく善良な人間と思っているのだが、自分の息子の妻にしたいとは思わないので、困ったことが出来たと思ったのだ。それで泰山に逢った時、その話をしたら、泰山は愛子さんのことをほめて、愛子さんなら、きっと僕の子供に気に入るだろうと言うので、実は君にたのんだわけだが、その結果は、君も知っている通りなのだ。それで僕はその話はすんだと思って安心していたのだね。杉子のことは僕の頭には少しも浮ばなかった。杉子も愛子さんのことは何とも思っていないらしかった。ところが僕がそれからまもなく石かきさんの処に行けと言ったわけだ。僕は別に愛子さんをかきたがっていたのを、愛子さんをとり上げたから代りに、石かきさんの処に杉子をやったわけではなかった。なぜ杉子を石かきさんにやりたくなったか、その原因に愛子さんのことがないとは言えなかったのだから、意識しない点では、愛子さんの代りに杉子を石かきさんにやったことになるかも知れなかったが、僕は意識して愛子さんの代用品として杉子をやったわけではなかった。ところが石かきさんは馬鹿《ばか》正直だから、愛子さんに断られた代りに杉子が来たのだと思い込んで杉子に話したらしいのだ。それで杉子は、そうだったのかと始めて気がついたらしかった。しかし石かきさんがいい人なので、何処《どこ》かに不愉快な感じはしても、その考えを打ちけして、通っていたらしいのだ。ところが今度のことがあったので、僕が杉子を石かきさんに押しつけようともくろんだのだと取ったらしいのだ。それで杉子は恥も外聞も忘れてね、僕のやり方があんまりひどいと言って、泣き出されてね、僕も実は今度程、参ったことはなかったのだよ。杉子にそう言われて見ると、杉子がそうとるのも無理はないと思えるので、自分の馬鹿さと言うか、無神経さと言うか、ともかくあまり杉子を見くびっていたことがわかるので、僕も弁解に困ったわけなのだ。僕は実際そんな悪だくみの出来る男ではない。あんまり無邪気すぎる男だったのだが、いくら言ったって、僕の気持はわかるわけはないので、僕は持てあましていたのだ。死ねって言えば死にます。でも石かきさんの処には、どうしても行きません。そういう言葉が真実のひびきで僕の心を搏《う》ってくるのだから僕も何とも言えないで困っていたのだが、昨日位からやっと少し平静になってくれたが、一時はどうなるかと思ったのだ。今日は又一層おちついていたのだが、石かきさんの手紙見て、自分の誤解が行きすぎていたこともわかったらしいので、もう危険区域はすぎたのだが、考えれば、杉子には気の毒なことをしたものだよ。本当に、杉子にとっては、ふんだり蹴《け》ったりされたわけだからね。僕の方は悪気はなさすぎたのだが、杉子の方も、僕の息子に気があったとは、少しも僕には気がつかなかったのだ。気がつかなくってよかったと思うが、考えれば、僕達のやり方は、少しひどすぎたとも言えるので僕は杉子が気の毒になっているのだ。そういうわけでね、君が逢っても、あまり積極的に、石かきさんの話にはふれないでね、杉子の気持に任せるように話してもらいたいのだ。杉子はもうゆくことは承知しているのだから、その点は安心だがね」

「よくわかりました」

「それではつれてくるよ」

「どうぞ」

まもなく杉子はやって来た。微笑していた。しかし僕は今迄になく杉子に心から丁寧にお辞儀した。そして無言で、杉子に最大の敬意を示した。

「之から石かきの処にゆくのですが、手紙の返事を、なんと言ったら、いいでしょう」

「さっき、先生からお話があった通りの条件を許して下されば、私出かけますわ。私、石かきさんを本当に尊敬しておりますわ」

「随分変った男ですが、人は存外いいのです」

「よすぎる方なので、私達には見当がつきませんわ、私を時々人形とまちがえていらっしゃるのよ。きっと」

三人は笑った。雨後の月を見るように、すがすがしい気持に自分はなれて、白雲子の家を出た。いい人というものは気持のいいものだと思った。

四六

馬鹿一の処についたのは、夕ぐれになっていた。自分は馬鹿一がさぞ待っているだろう。そして自分の報告を聞いたら、さぞ喜ぶだろうと思って、汗をかくのも恐れずに、ひたいそぎにいそいだ。汗びっしょりになって馬鹿一の処にたどりついたのだ。

馬鹿一は待ち兼ねて、そとに出ていたが、僕を見ると急いでやって来た。

「どうだった。逢えた？　怒っていなかった？」

「始めは、来る気がなかったらしいが、君の手紙を見せたら、暫《しばら》く考えていたが、二つの条件を聞いてくれれば、今迄通り来てもいいと言った」

「来ていいと言ったか。又逢えるのだね」

「逢《あ》える」

「君は僕の恩人だ。まあ家に上ろう」馬鹿一の顔は急に生き生きした。

「よく逢えたね。君は偉いね。君がそんなに偉い人間とは、今迄思わなかったよ。よく家がわかったね。本当に来ると言ったのだね、僕の罪を許してくれたのだね。僕の手紙見て、又来てくれると言ったのだね。何ていい人なのだろう。僕はこんな嬉《うれ》しいことはないよ。生きて又逢えるなんてね、そして又あの人をかくことが出来るなんてね。僕程仕合せなものはないよ。きっといい画《え》をかくよ。今度こそ僕は本当にものになって見せるよ」

馬鹿一は一人で喋《しゃべ》り出した。僕は黙って喋りたいだけ喋らしておいた。

「僕はもう逢えないと思った。来てくれるなぞとは考えていなかった。ただ僕の気持だけがわかってくれれば嬉しいと思っていた。だが、失ってみると、杉子さんの価値が始めてわかった。毎日毎日来てくれたので、いつのまにか来てくれるのがあたりまえのような気になっていたが、来なくなると、今迄来てくれた方が、奇蹟《きせき》だったことがはっきりして、もう本当にとり返しがつかないことをしたことがはっきりした。何処に住んでいるかも僕は知らなかったのだからね。真理先生が知っていると思って安心していたのだがその真理先生が何にも知らないらしいのには、すっかり驚いてしまった。僕にはわけがわからなくなった。まさか君に奇蹟を行う力があるとは思わなかったからね。ところが今度始めて僕は君を信じる気になったよ。実にありがたい。何とお礼を言っていいかわからない」

「だが二つの条件がついているのだよ」

「百条件がついていたっていいよ、もう一度逢えるなら。まさか僕に出来ないことじゃないだろうね」

「君に出来ることと思うね」

「僕に出来ることなら、千の条件でも聞くよ。どんな条件なのだ」

少し心配になったらしかった。

「一つは、休みたい時に休ましてもらいたいという条件だ」

「そんな条件はなんでもないよ。前だって休みたいと言ってくれれば勿論承知したのだよ」

「でも君は杉子さんの帰る時は、きっと明日時間通りに来て下さい、まちがいなく来て下さい、なんて言ったのだろう」

「それは言ったかも知れない」

「そして休みの時間が来ても、君は黙ってかいていて、人形のように動かないと言って、ほめたりしたのだろう」

「そう言われれば、そうにちがいない。本当にすまなかった」

「その条件はまあ大した条件じゃないのだが、もう一つの方は、一寸《ちょっと》厄介な条件なのだ」

「金のことじゃないだろうね。その方だと僕にはどうしようもないのだ」

馬鹿一は、心配そうに聞いた。

「金じゃない。もっと厄介な問題だ」

「金より厄介な問題、僕に出来ないことなのか」

「君には出来ないことだが、君が承知すれば僕が何とか考えて上げていいと思っているのだ」

「承知するよ。杉子さんが来てくれるのなら」

「つまり、君と二人きりでいるのはいやだから、誰かもう一人わきにいてほしいと言うのだ」

馬鹿一の嬉しそうな顔は急に曇った。だがその曇りはやがて晴れた。

「そうか。そうだろうね。之《これ》はたしかに僕には出来ない条件だね。君が来てくれればいいわけだね」

「僕だってそう毎日は来れないよ」

「だって君は閑《ひま》なのだろう。別に用はないのだろう。一日に二時間や、三時間位、どうせぶらぶらしているのだろう」

「僕は、適任者が見つかるまでは来てやってもいいが、適任者が見つかったら、その人と君と二人で杉子さんをかいたらいいと思うのだ」

「画家と一緒に画をかくのは一寸困るね。君だといいのだがね」

「僕は君のおつきあいを毎日するわけにはゆかないよ。それは僕は御免こうむるよ」

「他に適任者がいるかね」

「こないだ君の処につれて来た若い男ね、その男なら来ると思うのだ。まだ話しては見ないが、そしてあの男の来れない時は、僕が来る。そうしたらどうかと思うのだ」

「二人きりじゃ、いやだって言うのだね」

「そうだよ」

「あのこないだ来た人、人は随分よさそうだが、僕が画をかいている間、黙っていられるかね。あまり音をたてる人だと困るが、そんなことはないだろうね、それにいろいろ意見を言われては困るのだ」

「その点はよく注意しておくよ」

「君が来れる間は、君に来てもらいたいね。君なら少し位、話をしてもいいがね」

「それでは二三日、ともかく僕が来て見るよ。その後のことは、又三人で相談してきめることにしよう」

「そう願えれば実にありがたい。それでは明日でも来てくれるのかね」

「明日は一寸無理だろうが、明後日はつれて来れるだろう」

「またモデルになってくれるのだね」

「無論だよ」

「本当に君は、いい人間だね。感謝するよ」

「名前は言えないが、君の知らない人で、君の芸術に尊敬を払っている人がいるのだよ。僕は君に感謝される資格はないのだよ」

「そんな人がいれば勿論《もちろん》、その人にも感謝するが、僕は君にも感謝するよ。明後日はまちがいなく杉子さんがここに来てくれるのだね」

四七

翌日僕は又白雲子の処《ところ》にゆき、万事うちあわせした。その翌日の朝、杉子さんは僕の家によってくれた。僕はこの同情すべき杉子さんに出来るだけ好意を見せたく思って、妻と歓迎した。杉子さんと妻とは話があった。僕の妻も何年か前にモデルをしていたことは僕は何時《いつ》か話したことがあると思う。それでなお話があうらしかった。もう馬鹿一の処にゆかなければならない時間が来たが、夢中に話をしている二人に、そのことを知らせる気がしなかった。少しは待たしておく方が薬になるとも思った。しかし杉子は時間を忘れなかった。

「お話をしていると、切りがありませんけど、もう時間が来ましたから、又今度ゆっくりよせて戴きます。それではおともいたしましょう」

「ゆきましょう」

「又どうぞ、ちょくちょくおいで下さい」

「ありがとうございます」

往来へ出た。天気がよく随分暑かった。杉子は日傘《ひがさ》をさしていた。杉子はどんな気持でいるのか、一寸知りたい気もした。

「中々大変ですね」

「先生こそ、随分御迷惑ですわね」

「僕はどうせ閑ですから」

「私、一人でもいいとも思うのですが、何しろ石かき先生は、非常識な方ですからね。それに私も、どうも非常識な方らしいのですよ。人がよすぎるのだと先生（白雲のこと）はおっしゃるのですがね。私は自分が馬鹿《ばか》なのではないかと思うのですよ。すぐ人を信用してしまうのです」

「白雲先生は珍らしくいい方ですね」

「先生はいい方かどうか、私にはわかりませんわ。先生は私なんか眼中にないのですから、時々私、腹を立てるのですが、先生にとっては、ごまめの歯ぎしり位にきり通じないので、すぐまるめられてしまうのですよ。でも本当はいい方なのでしょうね。でもいい方としたら野放図もない方で、大きすぎて私なんかにはわからないのだと思いますわ」

「其処《そこ》へゆくと泰山先生は立派な人ですね」

「私、泰山先生は大嫌いですの、あの方は私なんか、けがれている人間だ位にきり思っていらっしゃらないわ。私が逢ったって、いつも知らん顔をしていらっしゃるので、私も泰山先生にはお辞儀をしないことにしていますのよ。いくら丁寧にお辞儀したって、気がつかないらしいのですよ。あの方、同じ兄弟でありながら、まるでちがうわね」

「あの人は真面目《まじめ》ですからね」

「あんなつぶしのきかない奴《やつ》はないと、いつか先生おっしゃっていらっしゃいましたわ」

「そう言えば、そういう処がありますね」

「変った方許《ばか》りね」

いするのですわ」

「私だって変らない人間なのですが、それが変った世界へ入ったもので、時々とまど
「そう言えば皆変っていますね」

「中でも石かき先生は一番変っていますわね」

「そうですね。自分の仕事以外のことは、何にもわからないのですからね」

そんな話をしているうちに、馬鹿一の処に来た。馬鹿一は待ち切れずに町角に出て
待っていたが、僕達の姿に気がつくと、すぐこそこそと逃げて行った。その姿に杉子
さんも気がついたらしかった。

「今のはたしかに石かき先生でしたね」

「そうですよ。待ち兼ねたのでしょう」

馬鹿一の処へ行くと、馬鹿一はすぐ出て来て、

「よく来て下さいました。どうぞ」

室へ入ると、馬鹿一は丁寧に杉子さんに挨拶《あいさつ》した。

「先日は失礼しました」

「あのことはもう言わないことにいたしましょう。私は寝ぼけていたらしいのです」

「それなら許して下さいますね」

「忘れることにしましょうね」

杉子さんは実に気らくに、馬鹿一に話しかけるので、馬鹿一はすっかり気らくにな
れ、喜んだ。そのくせ言わなくっていいようなことをつい言い出すのだった。

「もう来て戴《いただ》けないのかと思いましたよ」

「一度はもう来ないつもりだったのですが、御手紙拝見したら、又来たくなりました
の、私のようなものでも、お役に立つと思うとね」

「私は本当に助かりました」

「あんまり大げさにお考えにならないで頂戴《ちょうだい》ね。もっと気らくに、考えていただきた
いのよ。本当に私は先生に雇われたモデルに過ぎないのですからね」

「金がないので」

「いいえ、金は先生の見えないパトロンから沢山戴いているのです」

「その見えない方に、どうぞよろしくおっしゃって下さい」

「その方は、お礼を言われることが、大嫌いな方なのです」

「随分変った人がいるものですね」

「その人のことは、之でおしまいにしましょう。先生は画《え》さえおかきになればいいの

ですよ。その他のことはお考えにならない方が」

「ありがとう。ありがとう。本当にそうです」

馬鹿一は杉子の前に平伏した。そして泣き出した。杉子は閉口して僕の方を見た。

僕は笑わないわけにはゆかなかったが、目は涙ぐんだ。馬鹿一は急に言った。

「かきます。かきます。きっとかきます。見えないパトロンさんが喜んで下さるようなものをかきます。さもなければ、僕は死刑になっていい人間です」途方もないことを言い放った。

四八

杉子はあまり誇張された馬鹿一の言葉を聞くと、一寸気まりわるそうに、だが滑稽《こっけい》なような顔をして、一寸微笑を浮べながら僕の方を見た。僕も微笑した。実際馬鹿一にとっては世の中は、自己の画を中心にして動いているようだ。杉子の存在も自分の画の為《ため》にのみ存在していて、その他はゼロのように思っているようだ。だが杉子は思ったより馬鹿一を不快には思っていないようで、あんな騒動を起したことは忘れているように、馬鹿一に対しても、無邪気に応対していた。少しもこだわっていなかった。

少したって杉子は言った。

「お仕事をお始めになりますか」

「もしよかったら」

杉子は、「御用意が出来ればいつでも」と言った。馬鹿一は大喜びで、かきかけの画を持って来て、仕事にとりかかる用意をした。用意は出来たのである。

すると、杉子は気軽に裸になって、ポーズをした。後ろ向きに、少し行儀のわるい坐《すわ》り方をして、机の上に置いてある本を、右手に頤《あご》をのせて読んでいる形をした。

僕は杉子が気軽に裸になるのには驚かなかった。僕は今迄《まで》に何度もモデルが裸になるのを見る機会はあった。彼女等はそのことに馴《な》れ切っていた。僕の方も馴れていた。しかし杉子の裸を見るのは始めてなので、僕は好奇心を起して見ることを恥じながら禁じるわけにはゆかなかった。見てしまえば、それ迄で、別に不思議はないのである。もう何にもかくされている部分はないのである。この位当然なことはないのである。

だが僕は杉子の裸には感心したのである。人間の裸体、殊《こと》に若い女の裸体は地上の最も美しいものと思われている。ギリシャの彫刻なぞ見ると、このことは事実だと思われる。しかし誰の裸体も美しい顔のように珍らしいものである。ある程度の美しさは、珍らしくないかも知れない。しかしそれ以上の美しさになると、中々お目にはかかれないものである。

杉子は稀有《けう》な美人ではないが、感じのいい、生々した、線のはっきりした顔で、美しい方に属する顔をしている。しかし二十人に一人、三十人に一人位は杉子位の美人はいるもので、電車なぞでも時々見かける程度で、そう目立つ方ではない。一体に小柄で目立たない方だ。だが裸になったのを見ると、さすがに白雲子が大事にしているだけのことはあり、馬鹿一が夢中になるだけの美しさがあるのに驚く、実際に美しい身体《からだ》つきである。健康である。しめくくりがよく、豊麗な身体ではないが、つりあいがよくとれ、発育がよく、胴体の厚味、腰の線の柔かさなぞ、最もよく出来た壺《つぼ》を思わせるような処がある。僕は杉子の身体つきは、白雲子の画である処まで知っていたが、本物を見て今更に感心したのは事実である。僕は見あきずに杉子の身体に見とれている自分に気がついてはっとした。実際自分のその時の表情はさぞ馬鹿げたものだったろうと思われる。自分はそれに気がつくと目のやり所に困った。実際僕の役は馬鹿げた役であることが、自分にはっきり思い当った。いやな役目でないと思えば思う程、自分の役目は馬鹿げて見えてくるのである。

其処にゆくと、馬鹿一は仕合せ者である。彼のかきかけの画はまだ墨で、それも薄墨でやっと輪郭がかけている程度であった。彼はその画とモデルとを一心に見くらべて、一筆一筆心をこめてかいていた。

僕は目のやり場がないので、自《おの》ずと馬鹿一の画をかく所を見つめることになった。実際心をこめてモデルを見ながら、線をひく時の表情、手の動かし方、見るのとかくのとの関係なぞ、見ていてつい心をひきつけられるものがあった。今度何処《どこ》をかくだろう、そう思って見ていると、思いもかけない処の線をかく、実際、馬鹿一の画のかき方は不思議なかき方で、僕なぞには想像のつかないかき方だ。頭をかいていると思うと、腕をかいたり、足をかいたりする。又臀部《でんぶ》をかいたりするかと思うと、頭の髪をかいている。一寸見るとしどろもどろのかき方に見えるが、両方からせめてゆくようでもある。そしてかく前に画を睨《にら》んだり、モデルを睨んだりする。かきかけてやめて見なおす時もある。僕は段々調子にのって、始めはいくらか遠慮して見ていたが、段々図々《ずうずう》しく見るようになった。すると馬鹿一は僕の方を見て怒ったような顔をして言った。

「そう見ないでくれよ。どうもあんまり見られると、無心にかくことが出来ない」

僕は悪かったと思ったが、一寸《ちょっと》腹も立った。何か一寸皮肉を言いたかったが、馬鹿一の真剣な顔を見ると何も言う気にならなかった。黙って少し後ろにさがった。

杉子は一寸気の毒そうな顔をして僕の方を見た。僕は怒っていないことを杉子に知らせたくって苦笑して見せた。杉子も一寸微笑した。実際杉子は人のいい娘である。

　杉子はどんな家庭に育った娘か知らないが、ひねくれた処《ところ》がないのは事実である。僕は益々《ますます》杉子に好意を持った。僕は杉子を見ないでいれば目のやり場がなかった。そうかと言ってじろじろ杉子を見る気にもなれない。こんな日がつづくのだと思うと、我ながら自分の役目は馬鹿馬鹿しすぎると思った。もう帰りたいという気がした。しかし杉子を一人置いて帰るわけにもゆかない。自分は時々杉子を見る他は、目のやり場がなかった。

「休みましょう」と杉子は不意に、怒ったように言った。馬鹿一はあわてて言った。

「つい夢中になって時間のたつのを忘れて、すみませんでした」と言って、すぐ筆をおいた。杉子は着物を着ながら言った。

「山谷先生は、画はおかきにならないのですか」

「ええ、かけないのです」

「それでは随分お退屈でしょう。何処か散歩して下さってもかまいませんよ。二三十分で帰って来て下されば」

「それなら一寸本屋に行って来ます。何かよむものをさがして来ます」

「そうなさるとよろしいわ」其処で僕は本屋に出かけた。

四九

僕は本屋へ行って、下らない雑誌を一つ買って来た。明日からは、家にある読みたくってまだ読まない本を持って来たいと思った。馬鹿一の処に帰ると、もう画を始めていた。自分は遠くから見たら、仕事はずっと進んでいるようだった。自分は今度はわりに落ちついた気持で雑誌を読んでいるふりしながら、読んでも実際は頭にうまく入らないのである。モデルを見、馬鹿一が一心になってかいているのを見、又雑誌を見るのである。暫《しばら》くして馬鹿一は言った。

「休みましょう」

「まだ私の方は疲れていません」

「僕の方が参ったのです」馬鹿一としては珍らしく降参した。杉子さんは着物を着た。すると平凡な女になった。僕の方を馬鹿一は見て言った。

「どうだ。少しはかけるようになったろう」そう言って、自分の画を僕の方に見せた。

僕はそれを見て正直に感心した。実際、感じがよく出、其処に一人の生きた女の姿がかけていた。今迄の馬鹿一の画とは段ちがいに、いい画だと僕には思えた。僕は思わず感心して言った。

「僕にはよくわからないが、すばらしい画のように思えるよ」

「やっと僕も自分でものになって来たと思うよ。まだだめだが」

「だめなことはないよ」

「僕の望みは、こんな処でおさまるわけにはゆかないが、やっとここまで来たことは、喜んでいいとは思っている。之《これ》も君のおかげだよ」馬鹿一は神妙にそう言った。僕は感謝される資格が自分にあるとは思わないが、反対はしなかった。

「僕は、この頃になって、君の値打を知ったよ。しっかりやってもらいたいね」

「ありがとう。ありがとう。僕は感謝しているよ」

「大げさな言葉はよしてほしいね」

「大げさじゃないよ。その反対すぎるのだが、黙っている方がいいのかも知れない」

そう言って、彼は又自分の画を見つめていた。

「よかったら始めましょう。今日はもう一回でやめにしましょう」

「まだ二回位はかまいません」

「今日は僕の方がくたびれているのです。もう一度、最後のふんばりをやって見たいのです。もう僕の力は出し切ってしまったので、この上、どうにもならないと思うのですが、もう一度、ふんばって見たいのです」

「それでは、先生のおよろしいように」

「明日は又来て戴けるのでしょ」

「ええ、明日は来ます。でも、時々御断りする時があるかも知れません」

「ええ、勿論《もちろん》結構です。御気の向いた時、来て戴ければ結構です」

「特別な時の他《ほか》は、参りますけど」

「この画は明日か、明後日、仕上がると思うのです」

「それなら明後日までは、休まずに来ます」

「ありがとう。本当にありがとう」馬鹿一は又、自分の画とモデルとを相互に睨んだ。

僕はその馬鹿一の顔を見ていると、ふと、

「精神一到何事かならざらん」

という言葉が頭に浮んで来た。真剣な気持での追求を、馬鹿一は何年も何年も、くり返しくり返し毎日毎日続けて来たのだ。一歩一歩、一寸一寸、一毫《ごう》一毫、彼は毎日目的に向って追求して来た。その真剣な勉強こそ、いつのまにか、今日の彼を築き上げたのだ。悪口を言った連中は、今になっても彼を馬鹿《ばか》にして安心して軽蔑《けいべつ》しているであろう。だが軽蔑された彼には絶えざる進歩があった。この絶えざる進歩こそ、今迄毛虫だった彼をいつのまにか蝶《ちょう》にしたのである。僕も彼を軽蔑し切った一人であるが、僕は依然として昔の僕なのに、彼は遂《つい》に堂に入った。そう思わないわけにはゆかない。たしかにこの一年、この半年に彼は急速に進歩したのである。

いつか白雲子が若い画家にこんなことを言っていたのを思い出す。

「ものになるというのは不思議なもので、誰も気がつかない時にものになる。昨日までものになっていない人が、今日ものになるということがあり得ることを、僕は何人かで見て来ました。だから今日ものにならない人が、明日ものになるかも知れない。明日ものにならない人が、明後日ものになるかも知れない。ものになるときめられないが、ものにならないときめられない。絶えず勉強するもの、絶えず進歩するものは、いつかものになると言っていいと思いますが、いつなるかは、誰にもわからない。思わぬ時にものになる」

馬鹿一は四十年位の努力の積み重なりで、不思議にものになって来た。実にいい時期に杉子が現われたと言っていいように僕には思われるのだった。そう思って馬鹿一を見る。彼の顔は相変らずおでこで、醜い顔であるが、しかしその醜い顔の内に、何ものにも代えることの出来ない生命《いのち》のひらめき、天才と言ってもいいものが輝き出して来たように思えるのは僕の買いかぶりか。

ともかく彼はもう誰が何と言っても、不動の信念を持った一個の画家であることにまちがいはない。彼はたしかに所謂《いわゆる》新しい画家ではない。彼は何処までも自然を尊重し、自分の個性を生かし切る画家である。彼は自分の目で自然を見、自分の心で自然を愛し切って、自分の美を追求し、その追求したものを彼独特の表現、無理に似たものをさがせば村上華岳《かがく》のゆき方にいくらか似ている。ただ彼は何処までも写実である。筆と墨を生かしての写実で、それに彼独特の色彩をつかっている。不思議に新鮮な色をつかい出して来た。それで自由なのである。

まだ今度の画《え》は色をぬる処まではいっていないが、最近の画にぬられた色は、不思議に新鮮なのである。誰からその秘密を教わったのか、自分でつい会得《えとく》したのか僕は知らないが、たしかに色彩の方でも、一進歩したのは事実である。

彼は今でも人々に無視され、軽蔑され、存在していることすら、ごく少数の人きり知らないが、彼はそんなことは何とも思っていないようだ。そして現在の彼程、幸福な画家は、一寸、見出《みいだ》すことが困難ではないかと思われる、それ程彼は今、油にのって仕事をしている。四五日前彼は珠《たま》を見失った竜で、神通力を失って、みみずに化したように、しょげていたが、今日は又珠を見出したので、雲を呼ぶことが出来たように喜んで、意気昂然《こうぜん》としたものがうかがわれる。

勿論、彼を軽蔑している人間が見たら、このくらい笑止な思い上った芸術家の漫画は見出せないかも知れない。昨日の僕なら、馬鹿一が自分の画と、モデルとを見比べて、あたかも真の芸術品をつくり出す男は自分であるというような、真剣な面魂《つらだましい》を見てふき出したであろう。だが今日の自分は、彼の真剣さを素直に認める気になっているのである。変化はむしろ僕の方が、ひどいのかも知れない。紙一重で、人間は物になったり、物にならなかったり、するのが本当なら、その紙一重を破って巣立ちした一個の若鳥を僕はこの老いたる醜い男の眼光と、身体《からだ》全体から放射される一種の力に感じるのである。美しい裸女と、醜い老人と、どっちがこの時、より美しいか、僕は馬鹿一の方に軍配を上げたい程、彼の真剣な気魄《きはく》に打たれた。之は、その場にいないものに話しても通じない事実に思われる。僕は自ずと興奮するのを覚えた。

「今日は之でやめましょう」彼はそう言った。

五〇

帰りに、杉子さんは僕に言った。

「先生は、さっき本屋にいらっした時、大きなくしゃみをなさらなかった」

「しませんよ。何か僕の噂《うわさ》をしたのですか。碌《ろく》なことは言わなかったのでしょう」

「先生が出かけるとすぐ石かき先生はおっしゃいました。山谷がこんなにいい人間だとは僕は今まで気がつかなかったのですよ。僕はあの位、おっちょこちょいな、馬鹿な奴《やつ》はないと思っていたのですよ。なぜって言うとね。僕の所へ不意にやって来て、いきなり画を見せろと言うのですよ。それで見せてやると、何も言わずに、いきなりあははははと笑って、それなら失敬するよ、なんて帰ってゆくのですからね。そしてその足で誰かの処へ行って、僕の画の悪口言って二人で笑うというような奴ですからね。でも悪気のない男なので、どうせ画なんかわかる男ではないのですからね。僕はまあ、馬鹿にしながら、つきあって来たのですよ。その山谷が僕の再生の恩人になろうなぞとは思いませんでしたね。僕はあなたをよこしたのが、山谷だなぞとは夢にも思わないで、真理先生がよこしたのだと許り思っていたのですよ。この先生に僕を紹介したのも山谷ですがね。この先生が始めて僕の値打を認めてくれた人ですよ。尤《もっと》もこの真理先生も画のことは何にもわからない、世界一の幸福者なので、その点僕と共通した処があるらしく、僕をへんにひいきにしてくれたのですがね。その男を紹介してくれたのも山谷でね。この男を知ったことは僕にはよかったのですよ。僕に自信を与えてくれたのです。そして僕に人間をかけと教えてくれたのも、この馬鹿でした。だからあなたをよこしたのは、この馬鹿だと思ったのです。この馬鹿には、いろいろのお弟子がいるのです。あなたにいつか話をした、愛子はこの弟子の一人です。それで愛子の代りに、この馬鹿があなたをよこしたと思って、僕は大いに感謝していたのです。ところが実際は、山谷があなたをよこしたのだとは僕は今日まで気がつかなかったのです。山谷は本当に僕の天使です。あんないい奴はいませんよ。僕は山谷の画をかいて、天使の羽根をつけてやって、神棚にかざりたくなりましたよ。今日山谷の顔を見ていると、いつも馬鹿面に見えていた顔が今日は天使の顔に見えて来たから不思議ですよ。あいつに羽根をつけてかいたら、どんな画が出来るでしょうかね。ははははと笑って、そのとたんに、そんなら画を始めましょうかと石かき先生はおっしゃったのですよ」

二人は愉快そうに笑った。

「あいつは珍らしい馬鹿ですね」

それからまもなく二人は別れる四つ角に来た。

「また明日」

「さよなら、それなら明日待っています」

五一

僕はその日の午後、真理先生を訪ねた。真理先生は僕のくるのを心待ちしていた。

彼は愛子さんからその後の様子を聞いて安心してはいたが、いくらか気になっていたらしい。

「一昨日は驚いたよ。石かきさんには時々驚かされるよ。一昨日は本当にしょげ返っていたので困ったよ。白雲さんの処《ところ》に紹介しようとも思ったが、君の方が安全だと思ったので、君は迷惑だと思ったが、君に押しつけることになって、すまなく思ったが、君なら何とかやってくれると思ったがうまくいってよかった」

「僕も驚きましたよ。その前逢《あ》った時、実に元気だったので、元気にしていると許り思った時に、あんなことを仕出かしたのですからね」

「どんなことを仕出かしたのか、僕は知らないが、万事よくいったのを知って安心したよ。今日君は、モデルの人をつれて行ったのだろう」

「ええ、それですっかり喜んで、今日は又実に元気でした。画もすっかりよくなっているので驚きました。たしかにあれは本物だと思いましたよ」

「僕は一目見た時から、これは本物だと思ったね。画のことはわからないが、本気さと、誠意はわかるからね。あの意気でものにならないわけはないと思ったよ。君達は始めっから軽蔑して見ているので、いい処があっても、その方をまぐれ当りのように思っていたので、あの人のよさがわからなかったのだ。僕は先入主がないから、あの人のよさが、すぐわかった」

「そうですかね」

「日本人はね、どうも他人を軽蔑して見る傾向があるね。僕にもその傾向が多分にあった。だから注意しているのだ。実に簡単に他人のことは軽蔑するね。同じ行動でも言葉でも、いろいろに解釈が出来るものだよ。その時簡単に一番下らない解釈をつけて、平気でいるくせが日本人にあるね。外国人より日本人の方がその傾向が強いようだよ。例えば百考えてあることをしたとするね、それを百考えてしたのだとわかる人は一人もいない、それはいないのが当然だ。誰だって他人のことを自分のことのように考えることは出来ないからね。だがせめて三十以上は考えた上で、実行したのだ位はわかってもいいと思うが、決してわからないね、うんとわかる人で十迄《まで》考えてくれる人は滅多にない。大概の人は一考えただけで、軽蔑して得意になっているね。しかし百考えたのと、九十九迄考えたのでは、時間がたてばわかるのだ。九十九迄考えて実行したことが、人々に味わい尽された時分に、百考えた人の値打はあらわれてくるものだ。十迄位きり考えない人は、一時は百考えた人より利口に見えるが、何年かたてば、自《おの》ずと結果がわかるものだ。孔子時代には孔子より子貢《しこう》の方が賢いと言った人が少なくなかったが、今になれば誰も子貢を孔子以上とは思わないからね。孔子は百考えた人だ。だから顔回《がんかい》位の人で始めてわかる。顔回は八九十迄は考えられた人だからね。子貢はまあ三十位まで考えられた人だろうね」

「先生はどうです」

「僕のことは自分じゃわからないよ。だが三十位考えた人が、どの位考えた人か位は自分ではわかるつもりだよ。その僕を一つ二つきり考えない男が、実に簡単に批評したり、悪口を言ったりするが、しかし僕はそれは僕の世界に就《つい》ての話だから、すぐわかって問題にする気にならないから、別に害がないが、しかし僕のことを簡単に悪口を言う人間を一概にだから浅薄な男だときめてかかると、又自分も同じ欠点に陥ることになるね。皆考える範囲がちがっているのだ。その道、その道で賢いというのは事実だね。だから石かきさんが、自分の画のこと許り考えて、他のことは考えないから、他のことに就ては馬鹿見たいだから、画も馬鹿だろうと思うのはまちがいだ。僕はいろいろのことで、何度もまちがって、内心恥かしい思いをしたことが何度もあるので、いくらかいろいろのことがわかって来たように思うのだが、あてにはならない。だが年とるに従っていろいろのことがわかってくるのは楽しみなことだ。愛子の話だと、白雲さん今度のことで、すっかり石かきさんのファンになったそうだね。石かきさんの手紙を見るまでは、石かきさんの悪口を随分言って、困った奴だと言っていたそうだが、手紙を見たらそれからすっかり石かきさんに感心し、その手紙を貴重品の中に入れてしまっているそうだよ。白雲さんも、之《これ》からも大いに進歩する人だと思うね。自分の至らないことを知ることで人間は、よちよちと進歩してゆくものだからね」

「でも時には飛躍することもあると思いますね。石かきさんはたしかに、最近三段飛びをしましたね」

「そうかね。それが本当なら、実に嬉《うれ》しい」真理先生は本当に嬉しそうにそう言った。

それからまもなく、僕は真理先生の処を辞して真直に我が家に帰ろうとしたが、途中で急に泰山先生を訪問したくなった。そして僕の足は泰山先生の家に向って性急に動き出した。

五二

僕は泰山の家にもう二三町でつくという時に、始めて真理先生の処になぜ自分が行ったのかということを思い出した。自分は稲田君のことを相談する為《ため》に出かけなければならないと思ったので、何となく真理先生の処に行かなければならないと思って出かけたのだ。ところが真理先生と逢って話しているうちに、稲田君のことはすっかり忘れていたのだ。それを今思い出したが、あとでもいいと思い返して、そのまま泰山の処を訪ねることにした。自分はまだ四五日は、馬鹿一の処に出かけてもいいと思っていたので。泰山は家にいた。喜んで僕は迎えられた。

「今、兄貴が帰った処だ」と泰山は言った。

「石かきさんのことを何か話していらっしゃいましたか」

「兄貴もよく気の変る男で、今日は石かきさんのことを随分ほめていたよ。この前逢った時は散々だったがね。兄貴も存外人のいい男だと思ったよ。純粋に石かきさんに感心していた」

「なんて感心していらっしゃいました」

「あんなに夢中に画がかけるのは仕合せな男だ。一寸羨《ちょっとうら》やましい気がしたと言っていたよ。兄貴程仕合せものはないと思うが、その兄貴が石かきさんに嫉妬《しっと》しているのは、一寸面白いと思ったね。杉子に石かきさんは夢中だそうじゃないか、杉子もあの石かきさんにそう夢中になられたら、気持が悪いだろう」

「満更不愉快でもなさそうですよ」

「君はいい役をおおせつかったそうじゃないか」

「仕方がないので」

「満更いやな仕事でもないだろう。君だから出来るのだと兄貴は言っていたよ」

僕はそう言われると、柄になく顔が赤くなった。たしかにあまりいい役ではない。

「兄貴は、悪口でそう言ったのじゃない、君の義侠心《ぎきょうしん》をほめていたよ」

「ますますひやかされてる気がしますよ」

「だが他に仕方があるまい。他に適当な人が出てくる迄はね」

「石かきさんは是非僕に来てくれと言うのですけど、僕だっていつまでもおつき合いは出来ませんから、そのうち適任者を見つけるつもりなのです」

「君以上の適任者があるかね」

「画《え》をかく若い人がいるのです。有望な、人のいい人が」

「そういう人がいれば、君は助かるわけだね」

「まあ、何とかなると思うのですが、今度は相当困りましたよ」

「いろいろ入りくんでいるからね」

「杉子さんにも同情するのですが」

「杉子は一種の犠牲だね」

「白雲先生は、どうして杉子さんのような人を石かきさんの処にやる気になったのでしょうね」

「一つの原因じゃないね。いろいろの原因が重なっているね。いい原因もたしかにある。だが悪い原因もある。僕は兄貴のいい処と悪い処が、今度の事件に露骨にあらわれていると思うのだよ。たしかに兄貴は俺より善人だ。だがたしかに俺より悪人だ」

「悪人は、少しひどすぎますね」

「冷酷と言った方がいいかも知れないが、冷酷な性質というのは、悪人の性格だよ」

「白雲先生にそんな処があるとも、思いませんがね」

「あるね。だがそれは、自衛上仕方がないとも言える。いくら兄貴だって万能じゃない。そういい顔ばかりはしていられない。杉子に兄貴はあんまり同情しすぎて、その結果、石かきさんの処にやるようになったのだね」

「どうしてです」

「嫂《あね》がすすめたのだね。兄貴が石かきさんの処にモデルを一人世話して見ようか位、嫂に冗談を言ったのだね。その時、嫂が杉子をやることをすすめたのだと思うね。そして賛成しないわけにゆかなかったのだね。僕はそう睨《にら》んでいるのだ。当らずといえども遠からずと思っているね」

「そうですかね」

「僕は兄貴と杉子の間を疑っているわけじゃない。兄貴ももう若くもないし、女のことじゃ、もうこりていると思うし、他にもっと疑えば疑える相手もあるから、杉子と兄貴の間は別に今の処、なんでもないと思うが、嫂は杉子があんまり兄貴をたよりすぎているので、少し不安を感じているのだと思うのだよ。だが僕もその方は少し察しがよすぎる方だから、あてにならないが、まあそんな気がするのだよ」

「杉子さんはたしかに白雲先生の言うことならなんでも聞くようですね」

「杉子は気の毒な女らしいのだ。僕は確かなことは知らないが、兄貴の話じゃ、やはり戦争の犠牲者で、一人の兄には戦死されるし、不在地主として土地はとり上げられるし、杉子一人が働くより仕方がないらしいのだ。父は病身らしいのだ。それで杉子は兄貴を頼りにしているらしいし、兄貴は又頼られるだけのことはしているらしいのだ。兄貴は気前のいい男だから、杉子にとってはこんないいパトロンはいないわけだよ。だから杉子は兄貴の言うことならなんでも聞くのだよ」

「それでよくわかりました」

「ところが本当のことは僕にはわからないのだよ。兄貴と杉子だけきり本当のことはわからないのだよ。もっと本当のことを言えば、杉子には兄貴のことがわからないし、兄貴には杉子のことがわからないのだよ。もっと本当のことを言えば、兄貴に兄貴のことがわからず、杉子に杉子のことがわかっていないのだ。そういう僕には、自分のことはわからないがね」

「そう言ってしまえば、何んだってわかりませんね」

「わからないよ。他人の悪口だけは言えるが、本当にわかったら、悪口も言えなくなるよ。反省力のない人間だけが、他人のことを平気で批評が出来るのだ。僕には出来ない」

「随分あなたも他人の悪口を言いますよ」

「そうかね。簡単にね。腹が立つときは、なんでも言うが、責任を持っては何にも言えない。今の政治家は白を黒と言ったり、黒を白と言ったりするのが商売らしいが、僕達はそういう商売はしないですむから、嘘《うそ》は言わないでいいから、反《かえ》って何にも言えないよ。兄貴のことは兄貴に任せ、杉子のことは杉子に任せる。助けてくれと言われれば又別だが、何とも言われないのに、こっちから出しゃばる理由はない。助けてくれと言われたって、どうしようもないがね。又そんなことを僕の所へ言ってくる馬《ば》鹿《か》もないがね」

「先生の字もこの頃、売れるようになったのではないのですか」

「たまにはね。こないだ滑稽《こっけい》な話があったよ。僕の字がある会で売れたのだ。それで僕が自慢してそのことを兄貴に話したのだ。すると兄貴があれはいい字だったよ、と言っただけで、わりに冷淡に聞きのがしていたので、内心不服に思っていたのだが、あとで他の人から聞いたのだが、その字を買ったのは、兄貴自身だったのだということがわかって、一寸赤面したよ。あとで兄貴に逢《あ》ってその話をしたら、一寸ほしくなったので買ったので、弟の字だから買ったわけじゃない。泰山も俺が買いたくなるような字をかく男になったかと思うと、一寸うれしかったよと言うので、僕は簡単に目頭が熱くなって、兄貴はいい処《ところ》があると思ったよ。いつか仕返しに兄貴の画を、展覧会で買ってやろうと思うのだが、之は一寸出来そうもない話だよ」

「白雲さんは本当にいい方ですね」

「いい奴《やつ》だよ。画もこの頃進歩して来た。今迄の画は金を出してまで欲しいとは思わなかった。貰《もら》ってすぐ売っても惜しいとは思わなかったが、この頃はちょいちょい、金があれば買いたくなる画をかくようになったので、その方でも感心しているのだ。今日も来て、お互に気焔《きえん》をあげて愉快だった。ここ迄来て物にならなければ恥だ。お互にがんばろうね、兄貴はそう言っていたよ」

五三

それから二三日たった。僕は相変らず杉子のおともをして馬鹿一の処に通った。そして本をよみながら、馬鹿一の仕事の邪魔をしないように時々杉子の方を見たり、馬鹿一の方を見たりしていた。こうなると馬鹿一以上に自分が馬鹿に見えて、この仕事を断りたいと言い出したくなることも時々あった。しかし未練もないとは言えなかった。杉子は実際可憐《かれん》な女である。自分は益々《ますます》杉子に同情しないわけにはゆかなかった。

杉子も僕に気楽に話せるらしく、いろいろ話した。自分の身の上話はあまりしなかったが、白雲先生には実に感謝していた。白雲先生に逢わなかったら自分はどうなっているかわからなかったと言っていた。白雲先生の夫人に対しても大へん尊敬していた。杉子が最初につきあったのは、白雲夫人の方だった。白雲夫人に杉子が始めて逢ったのは、杉子がある人に紹介されて自分の家に代々伝わっている画を白雲先生に見て貰う為だった。しかし白雲先生に始めっから逢うのは怖《こわ》いので、友人に紹介して貰って夫人に逢ったのだ。そしてその画を商売人よりずっと高価に買って貰ったのが原因で、何かと手つだいに行っているうちに、白雲子が夫人にすすめられて肖像をかくようになったのが、最初の因縁で、そのうちに、段々先生夫婦と知りあいになり、夫人と一緒に湯に入ったりしたので、夫人にその身体《からだ》の美しさを認められ、それが原因で、とうとう先生の為に着物をぬぐようになったのも、夫人のすすめが、一番大きな働きをしたらしいのだ。

それから先生専用のモデルになっているうちに他のモデルとも知りあいになり、先生がすすめる特別な人の処には、モデルになりに行ったことも一二度はあったが、それは一時的で、殆《ほとん》ど先生一人のモデルとして、生活をつづけて来たわけらしい。今は馬鹿一と白雲子のモデル以外は何処《どこ》にもゆかず、一家の生活費は全部白雲子から貰っているわけで、モデルとしてなら立派に生活出来る資格があると思うが、自分ではそうなるのを望んでいないで、ひたすら白雲子にすがりついているわけである。白雲子もそれを望んでいるらしく十分報いる処があるらしいのである。

僕は之等のことを、色々話しているうちに察知したので、杉子からはっきり聞いたわけではない。杉子は余りそのことは語りたがらない。ただ白雲子を知る前はモデル商売をしていなかったのは事実で、白雲子の為《ため》にモデルになる決心は、夫人からすすめられたからであることは事実でそれ迄に相当金の方で恩を受けていたのも事実だ。だがその為に無理にモデルにされたくはないので、白雲子をよく知るうちに、この先生の為なら裸になってもいいと思ったのは事実らしい。しかし白雲子のモデルをしているうちに、色々の人が出入りして、他の人の前にも、裸になることに段々平気になったことも事実と思われる。金をとる必要がなかったら、勿論《もちろん》、杉子はモデルにはならなかったろう。それ等は簡単にはきめられないのは事実だが、その結果が、何処にゆくかは、杉子は知らないのである。不安も感じてはいるらしいが、何か希望も持っているらしいのだ。

杉子は何処からか、自分を愛する者が出てくることを夢みているらしい。少なくとも自分の星がすばらしくいい星だということを、子供の時易者に言われたことを今でも信じているらしく、僕はその話を聞かされたのは事実である。毎朝、杉子は僕の家にさそいにより、僕達は二人で妻におくられて家を出るのだが、妻は三日目か、四日目の晩僕にこう言った。

「あなたはいつ迄《まで》杉子さんと馬鹿一さんの処へお通いになるつもりなの、今日も近所の人が私に、あなたの御主人は毎朝綺麗《きれい》な若い方と何処へお通いになるのかと聞かれて私困りましたわ」

「もう一寸だよ、いい人が見つかる迄だよ」

「稲田さんの話、どうなりましたの」

「まだ話すおりがないのだよ」

「早くお話しなさったらどう。私、何とも思わないことにしているのですが、あなたが杉子さんとあんまり嬉《うれ》しそうに話しながらお出かけになるのを見ていると、やはりいい気はしませんわ」

「そうか、僕はそれには気がつかなかった」

「私、安心しきっているのですけど、私の気持、わかって下さるわね」

「わかるよ」

「稲田さんの話、早く何とかきめて下さるわけにはゆきませんの」

「早くきめるようにしよう」

「第一、あなたは用もないのに、毎日出かけて何をしているのかと思うと、あなたがあんまり馬鹿に見えて、私の方が恥かしくなりますわ。あなただっていい役とは思わないでしょ」

「思わないよ」

「どんな顔して見ていらっしゃるのかと思うと私の方が恥かしくなるわ、だから杉子さんは、あなたをすっかりなめているわ」

「あれは気の毒な女なのだよ」

「気の毒な人はいくらだっていますわ」

「知らない人のことは仕方がないよ」

「綺麗《きれい》でない人にはあなたは同情しないのね」

「そんなことはないよ」

「どうですかね。ともかく稲田さんに早く話をして、その方が駄目でしたら、他に適当な人をさがして戴《いただ》かないと」

「早速さがすよ。今日之《これ》から真理先生の処に出かけて見るよ」

「今日はもう遅すぎますから、明日の午後にお出かけになったらいいわ」

「それならそうしよう」

妻はそれで納得した。僕は翌朝、何にも知らない杉子が、相変らずさそいに来たので、妻の神経を気にしたが、妻は相変らず元気に杉子を迎え、いつもよりなお仲よく話しているので、ともかく安心した。腹の中ではどう考えているか知らないが、元気にしているのは嬉しかったし、杉子に不快な感じを与えずにすんだことは嬉しかった。しかし僕はいつも程、無邪気にはなれず、何かこだわりがあった。しかしそれを杉子に気どられはしなかった。二人はいつものように、妻に送られて出た。杉子は相変らず元気に話しかけたが、僕はいつも程、話がはずまなかった。

するとと杉子は言った。

「先生はどうかしていらっしゃるのね。私は今日先生にお目にかかるのをたのしみにしておりましたのよ。先生は私の顔を見るときっといきなり、何かいいことがあったのじゃないか、そうおっしゃると思っていましたのよ」

「何かいいことがあったのか」

「ええ、大変いいことがありましたの。私嬉しくって、嬉しくって仕方がないのです」

「何がそんなに嬉しいのだ」

「私、昨晩、愛子さんとすっかり仲よしになってしまったの。私、あんないい方知りませんわ」

「それは又どうして」

「昨日、白雲先生の処から私が帰ると、あとから愛子さんが追いかけていらっして、杉子さんとお呼びになるのです。私はどきっとして立ちどまったのです。私は愛子さんが、私に喧嘩《けんか》でもふっかけていらっしたように、心に武装をしてふり返って見たのです。夕方でしたが、馳《か》けて来た愛子さんは汗だらけで、汗をふきながら、『あなた足が早いのね』とおっしゃるの、『何か御用』と言うと、『一寸《ちよつと》お話ししたいの、よかったら之から私の家においでにならない』そうおっしゃるの、私はお断りしたいと思ったのですが、あんまりおすすめになるので、あまり御意に逆《さか》ってもいけないと思って、虫を殺してお伴することにしましたの、そしたら大変喜んで下さって、『私、あなたと仲よしになりたいの、私、あなたが大好きなの』とおっしゃるので、その手は食わないと私は腹で思ったのですが、いやな気はしませんでした。本当に悪気がないことがわかっているので、それから御一緒におうちに行くと、お母さんがそれはお喜びになって、珍客が来たように歓迎して下さるの、こんなに私を歓迎して下さる方は他にはないと思われる程で、私はぼんやりしてしまいましたの、そして晩の御馳走《ちそう》になってしまって、いろいろお話をしてしまいましたの。その時、お母さんが私の顔を御覧になって、あなたは今にきっと仕合せにおなりになりますわ、私はいろいろの方のお顔を見るとその方のことがふと頭に浮んで、気持が明るくなったり、暗くなったりするのですけど、あなたを見た時程、明るい気持になれたことはありません。あなたは余程いい方か、さもなければ、余程、運のいい方ですわ、とおっしゃるの、それがいかにも真心からおっしゃっていらっしゃることが私にはわかるので、私は嬉しくなりましたの、そしたら愛子さんも本当にお喜びになって、『お母さんそれは本当、私杉子さん見たいにいい方を知らないから、きっと今に仕合せにおなりになると思っていましたのよ』とおっしゃるの、そして本当に心から喜んで下さるのがわかるので、頑《かたく》なな私も、すっかり愛子さんが好きになってしまって、おそく迄話しこんでしまって、帰りに愛子さんが大事にしていらっしった、それは可愛いお人形までいただいてしまったの、私は本当に夢かと思って心配してしまいましたわ。愛子さんは又こうおっしゃるの、『私、兄妹一人もないのでしょ。あなた私の妹になって下さらない。本当に一生仲よしになりましょうね』私は喜んでそれを承知したの。そして帰りも、お母さんとお二人で途中まで送って下さったの、私、今朝起きて見ると枕元《まくらもと》にちゃんと可愛《かわい》い人形があるので、夢じゃなかったと思いましたわ」

「それは本当によかったですね」

僕も本当に嬉しくなった。それでこそ愛子だと思った。真理先生が子供のように愛している愛子が、杉子に同情しないで安心していられるわけはないと思った。自分の代りに杉子が馬鹿一の処にこの暑い日に毎日かよっている、そしてそのために杉子はいやな思いをさせられたのだ。それを知って、黙って知らん顔をしてすましていられる愛子ではないことを自分は知っていた。しかしその愛子も今迄はどうしようもなかったのであろう。ところが今、愛子は愛子らしいふるまいに出たのだ。それでこそ愛子だ、と僕が喜んだのは当然である。杉子は嬉しそうにしているので、僕の気持もいく分明るくなった。自分は二三日のうちに杉子と一緒に馬鹿一の処に出かけることはやめになると思う。しかし杉子が幸福になり、いつかくる運命に希望を持つことが出来るようになったことを嬉しく思った。そういう運命が杉子を待っているか、どうかは僕にはわからない。しかし杉子が幸福に歓迎されてもいい人間だということは、僕は信じて疑わない。そして杉子は幸福になっていい人間に思われるのである。だが未来のことは誰が知ろう。ただ心の美しき者は、皆に愛されるのは事実である。そして恐らくは運命にも愛されるであろう。

五四

毎日のことをだらだらかく興味はない。一週間後のある日僕はぐっすり眠って、九時過ぎにやっと起きた。朝食をすませたら十時になっていた。さて、僕は今日の午前を如何《いか》に過そうかと思った。馬鹿一の処に様子を見に行こうかと思った。

馬鹿一の処《ところ》には三日前から稲田が僕の代りに出かけているわけだ。稲田には日曜日に真理先生の処で逢《あ》って、たのんで見たら、気持よく承諾してくれたのだ。馬鹿一は始めいやな顔をしたが、反対はしなかった、一番がっかりしたのは杉子だったが、之も仕方がないとあきらめた。

火曜日に稲田をつれて行った。稲田はすぐ熱心に写生を始めた。稲田の態度は決して悪くなかった。彼は決して出しゃばらなかった。馬鹿一の仕事を尊敬して、その仕事の邪魔をしないように注意していた。稲田の何処にそんな殊勝な神経があるのかと思う程、謹《つつし》み深かった。そして仕事に熱心だった。この調子なら悪くないと思った。それで僕は途中で帰ることにした。それから毎朝僕は寝坊をした。起きても何にもする気がしなかった。思えば、毎朝馬鹿一の処に出かけた日は楽しかった。杉子に逢うことは、勿論たのしかったが、それにも負けずに、馬鹿一が画《え》をかく姿を見ることは楽しかった。一心こめて、純な気持で、ゆるゆると仕事してゆく馬鹿一の姿は、不思議に見ていていい気持がした。こっちまで充実してくる気持になれた。たしかにここに誠実無比な人間が一人はいるという感じだ。うわついた世の中にたしかにここに一人うわつかない男がいる。そう思えることは気持のいいことだった。

だが、今は毎朝ぼんやりするより仕方がなかった。誰かを訪問する気にもなれず、むっつりした顔をして、何度も目を通した新聞を又手に取った。つまらぬことで妻に小言が言いたくなった。しかしそのうちには、そんな落ちつかない気分から逃れることも出来るだろうと思った。しかし今日は殊《こと》に落ちつかなかった。一寸《ちよつと》様子でも見て来てやろうと思った。

「一寸散歩してくる」

そう言って、家を出て馬鹿一の処へ出かけて見た。丁度仕事休みの時で、三人は喜んで歓迎した。殊に馬鹿一は喜んで、「君が来ないとどうも物足りないよ」と言ってくれた。

「どうだ」と稲田に言うと、

「むずかしくって困ります」と言った。

「そう早くうまくなったら大変だ」と言うと、

「それにしてもまずすぎます。画家になる天分がないのだと時々悲観します。でも岩にかじりついても、ものにしたいと思います」

「仕事を始めよう」馬鹿一はそう言った。

「はい」杉子はすぐ裸になって、きめられたポーズをつくった。

二人は夢中になって画をかき出した。稲田の仕事っぷりは、中々そうぞうしかった。鉛筆の音、ゴムで消す音、時々はため息をつく、手の動かし方も性急だ。馬鹿一の方は何処《どこ》までも静かで、かいている時より、睨《にら》んでいる時の方が多かった。しかし馬鹿一は稲田のうるささには超越していた。稲田は気がつくと、温《おと》なしくなったが、またすぐ鉛筆をごしごしやり出す。「あああ」と言ったりする。二人の仕事っぷりは正反対である。ただ似ている処は、夢中でかいているということだ。そして二人は見えない処で、競争している。少なくも稲田の方は負けるものかという競争心は何処かに感じられる。しかし彼は何処までも、馬鹿一を尊敬していた。馬鹿一の方は稲田の存在を忘れている時が多いらしいが、稲田の嘆息には、時にいやな顔もするが、すぐ忘れた。

またたくまに仕事休みが来て、一人は筆をおき、一人は鉛筆をおいた。杉子は笑って、僕の方を見た。たしかに僕がいた時より、活気があった。若さというものは何処か生々した感じを与える。年寄り許《ばか》りの処にいるより、杉子もいくらか若返って見えた。

「どうしてもかけない」稲田はそう言った。

僕は稲田のかいたものを見せてもらった。

「批評して下さい」

「批評は出来ないよ」

「まだ批評される程にもかけておりませんが」

「そんなことはないが、僕には画のことはわからないのだ」

杉子が見ようとしたら、稲田はあわてて言った。

「見ちゃいけません。もう少したって、見せられるような物がかけたら、見て貰《もら》います」稲田は真赤な顔をして、自分のデッサンをかくした。杉子も笑って、無理に見ようとはしなかった。

「仕事を始めましょう」馬鹿一は静かに言った。僕が帰ろうとしたら、馬鹿一は、

「まあいいじゃないか」と言った。

「午後に来るよ。今一寸用があるので」僕は嘘《うそ》を言って、其処《そこ》を出て、家に帰った。

午後改めて、馬鹿一の処に出かけた。僕はこの頃、馬鹿一とはすっかり仲よしになっていた。馬鹿一は石をかいていた。

「中々勉強するね」

「石を見ていたら、かいてくれと言うような顔をしているので、かき出して見たのだ。この石は、変にかかれることが好きな石でね。いつも目立つ処に転がっていて、かいてくれと言うのでね」

へんなことを言い出した。

「石が自分で歩き出したのか」

「自分では歩かないと思うのだが、いつのまにか、ここに出て来ているので、時々は自分で歩くのかと思うことがある。この世にはわからないことだらけだから、石が歩かないともきめられないと思うね。尤《もっと》もこの石がここに出て来たのは杉子さんが、持ち出したのには違いないのだ。あの人この石が好きでね。退屈すると時々之《これ》を持ち出してくるのだ。他に玩具《おもちゃ》もないからね。だが、この石を杉子さんが持ち出して来て、ここに置いたまま帰ったのには、何か意味があるのかと思うのだよ。僕はこの世には僕達がまだ気がつかない何かの法則があって、それに僕達は導かれているのではないかと、時々思うことがある。稲田さんが僕の処に来るようになったのだって、何か意味があるのだと思うよ。あの人もこの石が好きなのだ。この石には変に人に好かれる処があるのだ」

「そうかね。そう言えばこの石は、一寸面白い形をしているね」

「それに大きさも重さも手頃なのだ、両手で持つのに丁度いい石なのだ。僕もこの頃この石がへんに好きになっているのだ。だからこの石も僕が好きで、かいてくれと言うのだ。かいてやると満足するらしいのだ。尤も下手にかいた時は、不服らしい表情をするが、うまくかけた時は、実に嬉しそうな表情をするのだ」

「そうかね。今どうなのだ」

「今は満足しているよ。喜んでいるよ。実際この世に石程仕合せなものはないと思う時がある。人間にも仕合せな人があるが、満足している人には滅多に逢わないがね」

「人間は現状で満足しない処に進歩があるのじゃあないかね」

「それでも時には満足してもいいのじゃないかね。僕は草や木を見ていると、彼等は満足していることが多いように思うのだよ。彼等は実際、充実し切って生きている。しかし彼等も石にくらべると不安定な時が多いように思うね。僕は時々、この世で一番仕合せなものは石じゃないかと思うのだよ。彼等はあるがままで満足しているのだから、食う心配もないしね。だが僕は人間に愛想をつかしているわけではないが、この頃のように、馬鹿《ばか》が多いと、いつどんな目に逢わないとも限らないからね。落ちついて画をかいていられれば僕はそれで満足出来るが、落ちついて画がかけない時代が来たら、どんなことになるかね。僕はそれを考えると、石は仕合せ者だと思うことがあるね。しかし僕は人間で石ではないから生きられるだけ生き、かけるだけ画をかいてやろうと思うがね。こないだ僕の処へ来た人が、中国で一村残らず飢え死している村を通過した時の話をしていたがね。そのある家に入ったら、其処は画家の家らしかったが、やはり主人公は飢え死していたが、かきかけの画があり、中々いい硯《すずり》がおいてあったそうだよ。家は幸い焼けなかったから、かいた画も捜せば出て来たかも知れない。僕がそんな目にあったら、来た男は、何んて下手な画が沢山あるのだろうと思って、糞《くそ》をした時の尻《しり》をぬぐうのに適当な紙が沢山あるので、喜ぶだろうと思うね。いやその前に焼けてしまうかも知れない。僕はそう思ったら、一寸変な気がしたね。しかしその時はその時だ。今からそれを恐れて許り《ばか》はいられない。どんな時が来ても、かける間は画をかくつもりだ。そして無事に画がかけることを、僕は何かに感謝したいと思っている。実際この頃は仕合せすぎると思っているよ。病気もせず、皆に大事にされて画をかけるのだから、こんなありがたいことはないと思っているよ」

「いい人なので喜んでいるよ。稲田さんもよろこんでいてくれるので、僕も嬉《うれ》しく思っている。この世には悪い人もいるかも知れないが、僕はいい人ばかり知って喜んでいるよ。稲田さんは本当に元気で、勉強家で、僕よりも頭もよさそうだから、きっとものになると思ってたのしみにしているよ。始めは一寸気にしたが、思ったよりいい人で、こっちの神経をいたわってくれるので助かっている。さすがに君が推薦してくれただけのことがあると、喜んでいる」

「稲田はどうだ」

「実際いい人だろう」

「いい人だ」

「うるさくないか」

「瞬間的にはうるさい時もあるが、悪意がないのだから、気にしないですむ」

「本当にいい人って、存外多いものだね」

「だが本当に信用出来る人は何人いるかね。僕は自分の画が本当にわかってくれる人はいるのか、いないのか時々考えて見るが、いると思うといないし、いないと思うといるので、信用も出来ないが、馬鹿にも出来ない、其処が面白いのだと思っているよ」

「君自身にはわかっているのかね」

「やはりわからないね。だが自分でいくらか自信が持てる時と、持てない時があるのは事実だ。わけはわからないが、愛着のもてるものともてないものがある。自分でも感心出来るものと、何んだかぴったりしないものとある。客観してどっちがいいのかわからない。しかし自分は自分で満足出来るものがかけた時、やはり嬉しい。しかし古今のすぐれた画家の作品に比べると、自分がまだ駄目なことがはっきりする、自信を持つだけが可笑《おか》しい。もう一奮発、二奮発しないではいられない。其処が又張合いのある点だがね。実際、この世にすぐれた人がいて、真剣な気持で、見えない所に、実に良心を生かして仕事をしているのを知るのは、実にありがたい、厳粛な事実だ、僕はそういう仕事をいつも頭に浮べることが出来るので、喜んでいる。自分の今の仕事が、どんなに認められないでも、僕に苦情は言えないのだ。益々《ますます》しっかりしようと思うだけなのだ」

五五

四五日たった或る日の午後、思いがけない杉子の訪問を受けて、僕は喜んで迎えたが、何となく悄然《しょうぜん》としている。泣かん許りの顔をしている。この前の元気な有様とはまるで違った感じを受けた。僕はそれに気がつかない顔して、「まあ上らないか」と言ったら、素直に上って来た。

「どうしたのです」

「白雲先生に怒られたのです」

「どうして」

僕は驚いた。杉子が白雲先生を怒らすことは僕にとっては想像も出来ない事実だったから。

「私がたしかに悪かったのです。私がどうかしていたのです」

「白雲先生、何んで怒ったか知らないが、いつ迄も怒っている先生じゃないから、気にしないでいいと思います」

「それでも、もう来なくっていいとおっしゃったのです」

「それは又、大変怒らしたものですね、一体どうしたのです」

「私もあまり不意だったので、驚いてしまいました。弁解する暇もなかったのです」

「先生の虫の居処が悪かったのでしょう。心配することはないと思いますね」

「私、どうしたらいいか、わかりませんの、それで先生に御相談に来ましたの」

「いくらでも、僕に出来ることならしますけど。白雲先生がそんなに怒る処《ところ》を見ると、あなたは余程、へまをやったのですね」

「それが、私にもわからない心理状態ですの、先生に怒られて始めて気がつきましたの、私余程、のん気でしたの、先生に甘え切っておりましたの」

「それは甘えたっていいでしょう。しかし僕にはよくのみ込めませんね。始めから話して下さい」

「それでは何んでも申しますわ。私が一昨日いつもと同じ気持で先生の処へお伺いしたのです。先生はいつものように私を迎えて下さったのです。いつもよりなお御機嫌がよかったというのが本当でした。『君がくるのを待っていたのだ。今度の展覧会に出す画《え》の構図がやっと出来たのだ。それには是非君にモデルになってもらいたいと思っているのだ』

私は勿論《もちろん》、喜んでモデルになるつもりでいました。ところがその構図のスケッチを見せられたのです。私は勿論全裸体で、しかも一寸《ちよつと》行儀のよくない恰好《かつこう》でねている処です。それを先生がかいている。その先生の姿が鏡にうつっているのです。別に珍らしい構図ではないのですが、その私の裸が、私そっくりにかけているのです。それを見ると、私は今迄《まで》感じたことのない恥かしさを感じたのです。それで私はスケッチを見ているうちに、何ということなしに、お断りしたいという気になって来たのです。

私はこの自分の心理の変化に気がつかなかったのです。前にはもっとひどい恰好の画をかかれても何とも思わず、反《かえ》って光栄に思っていたのが、どういうわけか今度は恥かしい気がしたのです。それで先生が喜んで私が承知すると思ったのに、私はその画を黙って見ていて、中々返辞をしなかったのです。

『モデルになるのがいやなのか』

『そうではありませんが』

『それなら承知してくれたのだね』

『明日まで考えさして下さい』私は不用意にそう言ってしまったのです。すると先生は、その下図をびりびりと裂いておしまいになって、おっしゃったのです。

『モデルに喜んでなりたくないなら、僕もかきたくない』

私は其処で泣いてあやまればよかったのですが、私は何にも言う気になれずに、うつむいたまま黙っていたのです。

『すっかり変ったね』と先生はおっしゃるのです。

『そんなことはありません』

『誰かに裸の画を見られるのがいやなのだろう』先生にそう言われた時、私ははっとしました。私がまだ気がつかないでいたことを先生はちゃんと見ぬいていらっしゃるのです。

『明日から来なくっていい。金の方は心配しないでいい』

そう白雲先生はおっしゃると、アトリエの戸を手荒く開けて、外に出てゆかれたのです。本当に怒っていらっしゃるのです。其処にいらっしたら、私をお打ちになったでしょ。私はむしろ打って戴《いただ》きたかったのです。私はどうしていいかわからなくなったのです。先生のお気持は私にぴりぴりと感じられるのです。折角、いい画をおかきになるつもりでいらっした時、私が喜んで承知すると思い込んでいらっした時、私は喜べなかったのです。私は先生が出てゆかれてから、ぼんやり一人で其処に立っておりました。私は先生に見捨てられたことをしみじみ感じたのです。

私にも反抗心はあります。私のみじめな正体を見ては、私も反抗しないわけにゆきません。しかし私は反抗する力はないのです。白雲先生は私にとってはお父さん以上の方です。私は白雲先生に見放されては、どうして生きていいかわからないのです。『金の方は心配しないでいい』と言われたからといって、まさか金だけを貰《もら》いにゆけないことはわかっています。又私は金の為《ため》だけで、白雲先生を尊敬していたわけではないのです。モデルになりたくない気持を、先生の御恩を全部裏切った行為だと取られたことは、私は残念なのです。でも、先生にとっては御仕事が出来なくなったのですから、お怒りになるのは尤もと思いますが、私はどうしていいかわからないのです。昨日一日考えました。二晩殆《ほとん》ど眠れませんでした。自分ではどうしていいかわからないのです。稲田さんに御相談しましたら、モデルになればいいじゃないかと、おっしゃるのです。でも私は、モデルになって、その画が有名になって、エハガキになったり、画の雑誌の口絵になったりしたら、私の父や母も喜びはしないと思うのです。と言って私は白雲先生とこのまま別れるのでは自分がみじめすぎるのです。父や母のことを思っても私は白雲先生と今迄通りおつきあいしたいと思うのです。私がじかにお願いに上る方がいいかとも思うのですが、先生から話して戴く方が、色々のことがわかっていいのではないかと思うので、お願いに上ったのです。白雲先生がどうしても私をかきたいとおっしゃるのでしたら、私は喜んでモデルになります。どうしても私は今白雲先生を失うわけにはゆかないことを十分に知ったのです。ですから白雲先生がお気のすむだけのことはなんでも私の方では致しますから、もう一度今迄のように出入りが出来るようにして戴きたいと思うのです。金のことも金のことですが、それ以上精神的にも今先生から見放されては私は立つ瀬がないことがはっきりしたのです。先生にとっては私はあってもなくっても大した違いはないと思いますが、私にとっては先生から今離れることは、あらゆる意味で致命的な事実だということを、本当に知りました。親に勘当されても、こんなに淋《さび》しくはないと思われるのです」

「よくわかりました。早速、白雲先生の処へ行って、先生の気持を聞いて見ましょう。心配なことはないと思います。わけのわからない人ではありませんから」

「本当に助けて戴けたら、一生御恩は忘れません」

「恩にきせたいとは思いませんが、僕にも責任があると思いますから」僕は杉子に同情した。

五六

僕は杉子を家に待たしておいて白雲先生を訪ねた。白雲先生は僕を見ると笑って言った。

「杉子にたのまれて来たのだろう」

「そうです」と言うと、白雲先生は、

「杉子には驚いたよ。だが、それもいいだろう。いずれ、そういう時がくるだろうと思っていたがあんまり早いので驚いた。おかげで僕はひどい目に逢《あ》ったよ」

と言った。何のことか僕にははっきりのみこめなかった。

「杉子がどうかしたのですか」

「杉子に好きな人が出来たのじゃないか」

「そんなことはないでしょう」

「まだ、当人も気がつかないのかも知れないが、僕にはちゃんとわかっているのだ。石かきさんの処に、若い画かきが君の代りに来ているのだろう」

「そうです」

「その男を好きになったらしいのだ」

「まさか」

「ところがそうらしいのだ。その男の画を持って来て、僕に批評してくれと言われたことがある。まだ幼稚な画だが、何処《どこ》か取柄がある。有望な処があると思った。どんな人かと聞いたら、いい人だと言っていた」

「しかしついこないだ逢った許《ばか》りですよ」

「一目で好きになるということもあるからね」

「それでもまさか」

「ところがそうらしい。一昨日、僕が怒ったのも、その為らしいのだ。僕が折角、いい構図が出来て、今度こそ傑作がかけると喜んでいたのだ。杉子をモデルにして、杉子の身体《からだ》の線や色と、背景の線や色との微妙なとりあわせ方が、はっきり僕の頭に浮んで来たのだ。杉子の身体の美しさは僕は知りすぎている。だから杉子の特色のある美しさを十分生かせる構図を考えて、杉子のくるのを待っていたのだ。杉子も喜ぶにちがいないと思っていた。実際、愛子をかいてから、杉子をモデルにして製作はしなかったから、杉子もそれを気にしていた。もう自分なんか、かいてもらえないのだと思っていくらかひがんでいたので、今度かくと言ったら、喜んでくれると思ったのだ。喜ばない理由は僕には考えようがなかった。実際僕の為なら、僕の芸術の為なら、どんな苦労もいとわないと言っていたのだ。僕もそれを信じ切っていた。ところがかくと言ったら、喜ばないのだ。そして下図を見せたら、困った顔して黙っているのだ。あんまり予期とちがうので、僕はすっかりがっかりした。乗気だけにがっかりした。そしてむらむらと腹が立って来た。僕をなんだと思っているのだ。その結果とうとう爆発した。そして言わなくっていいことまで言ってしまった。言ってしまってなお腹が立った。このままでは杉子をなぐったり、蹴《け》ったり仕兼ねない気がして来た。それで僕は室からとび出した。三十分程して、僕の癇癪《かんしゃく》はおさまって来た。考えると腹も立つが、同情しないわけにもゆかなくなった。それが僕のいつもの癖なのだ。怒れるだけ怒ると、今度は自分が怒り過ぎたことが反省されるのだ。それで帰って来たら、もう杉子はいないのだ。気の毒なことをしたとも思ったが、勝手にしろとも思った。

しかし時が立つに従って杉子のことが気になった。画は他の画をかく気になったが、僕からはなれた杉子のことを考えると、気の毒な気がした。そして昨日一日杉子が来るのを待っていた。今日もし来なかったら、様子を見に誰かに行ってもらおうかと思った。勿論、杉子が幸福にしていることがわかれば、僕はそれでいいのだ。しかし不幸にしていることを考えるのは僕は閉口なのだ。僕はいくらでも気をまぎらわすことがある。杉子を失っても別に困り切る齢《とし》でもない。一寸淋しいのは事実だが、それ以上ではない。僕はなんと言っても若い者とは違う。杉子でなければならないということはない。杉子の方で僕にすがりついて来たので、可憐《かれん》に思ったのだ。向うで何とも思わなくなったのなら、僕の方でもそう未練があるわけではない。淋しくないこともないが、僕にはしたいことも多いし、杉子以外にいいモデルがいないわけでもないからね。だが杉子が、今度の画のモデルにはなりたくないが、僕の処には以前のように出入りしたいと言うなら僕は喜んで杉子を迎えるよ。いやなことをさせようとは思わない。しかし意外だったよ。喜んで承知すると思っていたのだからね。むしろ喜ばしたくって、考えた構図だと言ってもいい位に思っていたのだ。僕はやはり虫がよかったのだね。杉子も一個の独立した女にはちがいなかったのだ」

「それなら杉子さんをよこしてようございますね」

「無論いいよ」

それで僕は白雲先生の処を辞したが、しかし僕は杉子が稲田を愛しているとは思えなかった。だがそういうこともあり得ることは否定出来なかった。このことは僕にとってもあまり嬉《うれ》しい話ではなかった。だがもしそれが本当だったら、馬鹿一はどうなるだろう。恐らく馬鹿一にとっては、致命的な打撃になるだろう。稲田もその位なことはわかりそうなものだと思った。

僕が帰るのを待っていた杉子は、僕の報告を聞くと、安心したらしかった。だが一人で白雲先生の処に出かけるのには少しこだわっていた。だが気をとりなおして言った。

「どうもありがとうございました。それでは之《これ》から白雲先生の処に参りますわ」

「先生はあなたにいい人が出来たのじゃないかと言っていましたよ」

「まあ、まさか」だが杉子の顔が赤くなった。

「あなたも大変ですね」僕は何となくそう言った。

「愛子さんのお母さんは、私が運のいい人だとおっしゃるけど、本当は私は運の悪い人間かも知れませんわ」

「そんなことはありませんよ。まあ白雲先生の処に行って、あやまっていらっしったらいいでしょう。先生はいい方ですから、そして君のことを本当に思っている方ですから、先生に見放されなければ君は不幸にはなりませんよ」

「本当に、白雲先生はいい方ですわね。私、白雲先生がどんなに私にとって大事な方かよくわかりましたわ。先生のモデルにも私はよろこんでなりますわ。あとのことはあとのことですわ。誰が何と言ったって、私は先生の為なら、喜んで辛抱しますわ。それなら行って参ります」

「安心して行ってらっしゃい」

翌日杉子は石かきさんの帰りに一寸《ちょっと》よって言った。

「おかげで白雲先生すっかり御機嫌で、私を着衣でおかきになることにきまりましたわ。着物は愛子さんの着物を拝借することにしましたの。昨日は夜まで先生の処《ところ》におじゃましてしまいました」

五七

二三日たった、暑い日だった。自分は退屈した。馬鹿一の処に行って見ようかと思った。馬鹿一と稲田の関係はどんな工合《ぐあい》に発展しているか、二人の画《え》をかく処も見たいと思った。それ以上、久しぶりに杉子の美しい身体も見たいとも思った。だが同時に、その自分の欲望が露骨に感じられるので、無邪気に訪ねてゆく気になれずに、午後にでも訪ねて見ようという気に落ちついた。その時僕の処に若い女の人が訪ねて来たらしい声がした。妻が出た。そして僕の処にあわてて来て言った。

「愛子さんがいらっしゃいました」

「本当か」思わず僕はそう言った。そしてあわてて出て見た。まぎれもなく愛子だった。何か用があって来たのか、どんな用なのだろう。とっさに僕はそう思った。愛子が僕の処に来るなぞとは思いもよらないことだったから。

「どうぞお上り下さい」

「それでは失礼いたします」

愛子は何か少しかさ高な風呂敷包《ふろしき》を持って上って来た。僕の室に通して、改めて挨《あい》拶《さつ》した。

「真理先生からよろしく申しました」

「何か御用ですか」

「一寸おたのみしたいことがありまして」愛子さんは微笑した。いつもよりなお美しく思われた。僕の殺風景な室もこの美しい御客を迎えると輝いて見えたと言いたい位だった。

「何の御用です」

「きいて戴《いただ》けますわね」

「僕に出来ることなら」

「御出来になることにきまっていますわ。実は白雲先生と、真理先生のお二人がお訪ねになるわけだったのですが、それでは一寸大げさ過ぎるので、私が参りますと申したのです。私も一度上って御礼を申したいと思っていましたから。之は白雲先生から先生にあげて戴きたいとおことづかって参りました」

そう言って愛子が出したのは、額縁に入った白雲が水彩でかいた愛子の顔だった。

僕は驚いて、

「そんなものを戴いては」

「私はお使いですから、苦情がありましたら、白雲先生におっしゃって戴きます」

「苦情なんかありません。でもこんなものを戴いては」

「もっといいものが戴きたいのでしたら」愛子はわざとそう言った。そして僕があっけにとられていたら、今度は紙に丸めて包んであった書を出して、それをひろげて見せながら言った。

「之は珍品なのです。珍品なだけが取柄のものだそうです」

僕が見ると、こう書いてあった。

「人間は誰も死ぬものなり
最後に苦しんで死ぬものなり
人間はすべて憐《あわ》れなものなり
されば我は人間を無限に愛するなり
そして少しでも幸福にして上げたいと思うなり。
ただ思うなり。　　誠
為山谷先生」

僕は二度それをくり返し読んでいるうちに目頭《めがしら》が熱くなり、真理先生の真心にふれた思いがした。

「もらって戴けますか」

「よろこんで戴きます」

「真理先生は、こんなものを差し上げるのは悪いかも知れないが、他に差し上げるものがないのでね、字には自信がないのだがとおっしゃいました」

「こんなありがたいものはありません。先生の真心にふれた思いがします」

「先生も之をかいた時、涙ぐんでいらっしゃいました」

「それから之は母から、先生は甘いものがお好きだと申しましたら」

「どうも大したお土産《みやげ》で、何とも申しようがありません。だがこんなにいろいろなものを戴くとあとが怖《こわ》いですね」

「それは怖いのよ」と愛子は人のいい笑いを見せて言った。

「おどかさないで下さい」

「私は何にもさし上げませんが、御礼の心だけはお受け下さい」

「何も僕はあなたの為にしませんでした」

「嘘《うそ》、嘘よ。あなたは私を本当に幸福な人間にして下さいました。御礼の申し様もないのです」

「その御礼は泰山先生におっしゃって下さい」

「でもそれも先生のおかげですわ」

「それで僕に何をしろとおっしゃるのです」

「私達この秋に結婚式を上げることになりましたの。昨日白雲先生御夫婦が真理先生の処にお見えになって、いろいろ御相談なさったのです。その結果、先生に仲人《なこうど》になって戴きたいということになったのです」

僕は驚いて叫んだ。

「そんな馬鹿《ばか》なことが、そんなことが僕に出来ると思っているのですか」

「馬鹿なことですって」と愛子はずるそうな笑いを見せて言った。

「僕をなんだと思っていらっしゃるのです。僕をかつぐにも程があります。僕は怒りますよ」

「怒るなら白雲先生と、真理先生にお怒り下さい。私はただのお使いなのですから、ですけど、お二人は仲人はどうしてもあなたにお願いしたいとおっしゃるのです。ごく内輪に結婚式を上げたいとおっしゃるのです。形式的なことはお二人ともいやだとおっしゃるのです」

「そうおっしゃって下さるのはありがたすぎますが、僕はそんな資格のない人間だということは皆様が御承知です。泰山先生に話してごらんなさい。泰山先生どんなに笑うか、目に見えるようです。そのこと許りはおことわりします」

「泰山先生も先生にしてもらうのが、本当だとおっしゃるのです」

「そんな馬鹿《ばか》な」

「それでも本当よ。泰山先生がおたのみに来れば先生は御承知なさいますか。私ではだめなのですね」

「そんなことはありませんが、どう考えたって私達夫婦は、あなた方の結婚の仲人をする資格なんかあるわけはありません。泰山先生なんか、いつも私のことを、おっちょこちょいの親玉みたように言っていらっしゃるのですからね。又それにちがいないのです」

「それでも、白雲先生、真理先生、泰山先生、それに私の母が、どうしても先生におたのみしてくれと言うのですから、おあきらめになったらいいのじゃありませんか、それとも四人を敵に廻して四人を怒らしてもかまいませんの」

「あなたが、そんなに人の悪い方だとは今まで気がつきませんでした」

「私はお願いに上ったのよ。先生をいじめに上ったわけではないのです」

「誰もこの考えに反対の人はないのですね。いくらなんでも山谷に仲人してもらう必要はあるまい。こう考える人がいないということは考えられませんね。常識があるなら」

「ところが常識以上の人許り集まっているのですから、先生は観念なさらなければ駄目です」

「結婚は人生にとって真面目《まじめ》なことですから、仲人を選ぶのに、人もあろうに、漫才夫婦にたのむのは可笑《おか》しすぎますよ」

「先生はあんまり卑下していらっしゃるのよ」

「自分を知っているのです」

「それなら、私で御承知下さらないのなら、三人の方に来ていただきますわ」

「三人の方って」

「勿論《もちろん》、白雲先生と、泰山先生、真理先生ですわ。三人に来て戴いて、先生を無理にも承知させて戴くわ。私之から三人の方にお願いして三人の方をつれて来ますわ」

「よして下さい。そんなこと」

「それなら承知して下さるわね」

「愛子さんて、こんなひどい方とは思いませんでした」

「成仏《じょうぶつ》なさった？」

「妻が承知しませんよ」

「いよいよ、その手をお出しになるのね。それなら私も、最後の手を出しますわ。私達の結婚に反対なさるのね。喜んで下さらないの」

「勿論、よろこんでいますよ。反対なんかしませんよ」

「おたのみしますわ」

「それなら、白雲先生や、泰山先生にお逢《あ》いして、どうしても私になれとおっしゃるのでしたら、成仏します。その代り、あとが怖いですよ」

「いくら怖くっても安心。それで御承諾願えましたね。本当にありがとう」

僕の家は広くないから、この二人の会話は残らず妻が聞いたにちがいない。妻が何とも言わないのは、満更反対でもないらしい。

「僕達にとっては光栄すぎることなのです。でもお断りするのが本当だと思いますが」

「どっちが本当かは、皆さんの方が御存知よ。私の考える処では、先生より、三人の方が少し御利口に思えますわ」

「ぶちますよ」僕はついそう言った。そして幸福な二人は笑った。隣の室からも笑い声が聞えた。

五八

僕はその日の午後、馬鹿一の処に出かけずに、泰山の処に出かけた。どう考えても白雲の息子さんの結婚の仲人をするのは僕の任ではないことを知っていたから、儀礼的にたのまれたからと言って、いい気になって、あとで物笑われになるのは、僕にとっては致命的な事件にならないとも限らない。僕にとって白雲、泰山、真理先生、皆、大事な恩人である。その人々に愛想をつかされては、飯も食えなくなるわけである。

僕を一番軽蔑《けいべつ》しているのは、少なくも見た処では泰山である。泰山は僕を頭ごなしに、「おっちょこちょい」と言っている。もとより僕はそう言われて、少しも腹が立たないのである。泰山の口の悪いのは、前からわかっている。そんなことを言われて一々気にしていたら、泰山の処には行けない。僕は泰山がへんに好きなのは、悪口は言うが、何処《どこ》かしら人なつかしがりの処があって、本心は僕を愛していてくれると思うからだ。しかし泰山にあなたは本心では私を愛して下さっていると言ったら、泰山はどんなに大きな声を出して笑うであろう。そして、お前なんか誰が愛しているものかと言うだろう。だが僕はへんに泰山が好きなのだから、泰山も僕を好いていてくれるのだと内心僕が思ったとしても、それが全部嘘だとは言えない。事実、泰山は僕が行くことを、時々心待ちしていてくれることは事実である。奥さんもいつか、泰山が、「山谷はこの頃来ない、どうしたのかね。病気でもしているのではないか」と心配していましたと、おっしゃっていたが、それは満更、お世辞だけとは思えない、実際泰山は僕を軽蔑しているのは事実だが、僕を好いているのも事実だ。僕がゆくと、生々した気持になれるらしい。しかしだから僕を軽蔑していないというのではない。僕がすまして仲人になって、式場に出たら、第一にふき出すのは彼である。だから僕は泰山の処《ところ》に出かけて、断ってもらおうと思ったのだ。

泰山は相変らず字をかいていた。習字をしていたと言う方が本当らしい。「飛」という字を十許りかいていた。初めは真面目にかいていたが、それが段々勢いづいて、最後の字は本当に飛び出しそうな感じがしていた。泰山はその字を見ながら、僕の方を一寸《ちょっと》見て、

「厄介な時に来たな――」と言った。いい挨拶《あいさつ》である。

「出なおしましょうか」

「いやいいのだよ。一寸調子にのりかけた時、君が来たのだが、一寸疲れていたのだから来てくれた方がよかったのかも知れない」

「一寸御相談があって上ったのです」

「相談か、碌《ろく》な相談じゃあるまい。だが遠慮なく話したらいいだろう、断りたい時は断るだけだから」

自分のこときり考えない男である。

「断って戴《いただ》ければありがたいので」僕の方も、泰山に対しては、こういう話し方をする。

「断ってもらいたい相談なら、しなくってもいいだろう」

「まあ、そうおっしゃらずに、聞くだけ聞いて下さい」僕はわざとそう言った。

「何んだ。僕に出来ることか」

「ええ、出来ることです」

「厄介なことじゃないのだね」

「先生にとっては少し厄介かも知れません」

「厄介なことはいやだよ」

「わかっていますよ。白雲先生の息子さんの結婚のことなのです」

「ああ、仲人のことか」

「御存知なので」

「俺がすすめたのだよ」

「悪い方ですね」

「悪気じゃないのだ。君だっていやじゃないだろう」

「僕でも笑われるのはいやです」

「何が笑われるのだ」

「僕が仲人したら、第一先生が笑うでしょう」

「それは笑うね」

「それごらんなさい。だからお断りに上ったのです」

「僕に断る法はないよ」

「先生から断って戴きたいのです」

「それは駄目だよ。僕が推せん者なのだから」

「どうして又そんな人の悪い推せんをなさったのです」

「それだって、今度のことは君がいたから出来たのだ。君がいなければ、この目出たい結婚は出来ないわけだった」

「それはそうかも知れませんが、先生の方がなおその方には功労がおありになったわけです。先生がいらっしゃらなかったら、この話はすすまないわけです」

「それも、そうかも知れない。しかし僕は白雲の弟だからね。君の方が適任者だよ」

「それでも、仲人にはもっと立派な人がなるべきだと思いますね」

「しかし両方をよく知っているのは、君だけだよ。形式的なことは、兄も愛子さんのお母さんもいやだとおっしゃるのだ。皆、君を買いかぶっているわけじゃない。君のことは皆、君よりよく知っている。そのよく知っている四人が、君に是非たのみたいということになったのだから、君は役不足でも承知してくれないと困るよ。君だってこの結婚に反対なことはないのだろう」

「それは先生の御承知の通りです」

「それなら承知するさ。そう大げさの結婚式をあげるのじゃない。兄も大げさなことは嫌いなのだ。真理先生はなお更だ。だから君が一番いいということになったのだよ」

「それで先生は笑おうというのでしょう」

「それは、笑うね。だが目出たいよ」

「どうしてもだめですか」

「だめだよ」

「他にいい人がありそうなものですがね」

「あれば、君にはたのまないよ」泰山は相変らず口がよくない。

「それでも私が仲人《なこうど》をするのは、滑稽《こっけい》ですよ」

「滑稽だっていいよ、それが正当なのだから。仲人が立派だからって、不幸な結婚が幸福にはならない。仲人がおっちょこちょいだって、幸福な結婚は不幸にはならないよ」

「ひどいことになりましたね」

「だが君の評判はよかったよ。君は存外人気者だよ」

「上げたり下げたりですね」

「下げたり、上げたりかも、知れないが」

「それなら仲人をひきうけますが、その代り、その飛びという字を下さい」

「この字は駄目だよ。習字にすぎない」

「清水寺から飛び下りたつもりで、仲人を引受けたのですから、その飛びという字を下さい」

「とんでもない処に、因縁をつけたな。それならやるか。一寸惜しいな。やるとなると」

「先生の処にあったら、どうせ反故《ほご》になるのでしょ」

「それはなるね」

「僕の処にくれば、表装して床の間にかけますよ。表装したら、随分いいものになりますよ」

「その位のことはわかっているよ。だが仲人を承知した褒美《ほうび》にやるか」

「けちけちしないで下さい」

「けちな表装をするのなら表装はしないで額にでも入れた方がいいだろう」

「いや、いい表装をします」

「表装も俺の方でしてやろう」

「それでは恐れ入ります」

「いや、兄がいつもたのむ処にたのめば、官費ですむのだよ。自腹は切らずにすむのだ。兄は気がつかずに払うからね」

「悪い弟ですね」

「今度のことでは、兄はその位のことは、俺の為《ため》にしてもいいはずだからね」

「何か他にも要求なさるのではないのですか」

「兄の御意に任せておくさ、そんなけちな要求はしないよ」

「ありがとうございます」

「悪くないだろう。尤《もっと》も自分では満足しているわけではない。飛躍という字をかいて見たのだがどうもうまくかけない。それで稽古《けいこ》しようと思ってかいて見たのだ。飛びってたしかに面白い字だよ。それだけ中々むずかしい。躍という字もむずかしいがね、字というものは見れば見る程面白いものだ」泰山は字の話になると、如何《いか》にも愉快そうだ。

「今の世の中はどうお考えになります」

「僕は字がかける間は、字をかくよ、字がかけなくなったら、字のかける世の中になるように骨折って見るよ。だがその方は誰かに任せたい。真理先生はどうかね。僕は字がかける間は字をかくね。それでいいと思っている。先日ある人にたのまれて、孔子の『三軍の帥《すい》は奪うべし、匹夫《ひっぷ》の志は奪う可《べ》からず』という言葉をかいたが、実にいい言葉だと思ったよ。本当のことを見ぬいているのに感心したよ。匹夫の志は奪えないというのは実に偉い言葉だね。僕の生命の一番深い処からあふれ出る意力は誰も奪えない。それが奪われない限りは僕は書にそれを生かして見るつもりだよ。千万人の志が地上に生きる時がくればいいのだと思うね。僕は匹夫の志を生かそうと思っているのだ。誰も之《これ》を奪うことは出来ない」

泰山は動かないという意気を見せた。この意気があって、彼の書が出来るのだと思った。僕は「飛」の字が十かいてある紙の表装を忘れないように念を押して、元気に泰山の家を辞した。

自分はその足で、馬鹿一の処に行った。ともかくあっちこっちに珍らしい男がいるのは事実だ。今の時代でも捜せば面白い人間はいるものだ。

五九

馬鹿一は相変らず家にいた。彼は自分のかいた画《え》を何枚も散らかして見ていた。その内には杉子の画もあり、雑草をかいたものもあり、人形をかいたものもあった。それ等が室中散らかっていた。その中で彼は一枚の画を手にとって見ていた。僕は坐《すわ》る処がないので、坐るだけの処を自分で作って、其処に、画の下になっていた座蒲団《ざぶとん》を自分で出して敷いた。彼はその間黙って、自分の画を見ていた。二人は別に挨拶もしなかった。僕も黙っていた。こんなことは二人の間では珍らしくなかったが、この頃は滅多にない状態だった。この頃の彼は僕がゆくと、喜んで話しかけた。少なくも僕の来たことを喜んでくれた。よく来てくれた、そう思っていることが感じられた。

ところが今日は以前の彼のように、失心状態というか、無関心状態というか、自分の世界に入り込んでいるのか、僕の来たことに気がついているのか、いないのか、わからないようにぼんやり自分の画を見ている。それは杉子の裸の画だった。僕は黙って見ていると、その画を暫《しば》く見てから下に置いた。そして今度は人形の画をとって、その画と並べて見ていた。

「どうしたのだ」僕は黙っていられなくなって声をかけた。

「どうもしない」彼はそう言った。

「杉子さんどうしている」

「今日は来なかった」

「昨日は」

「昨日も来なかった」
「どうしてなのだ」
「来たくないのだろう」
「何かあったのか」
「何かあったのか、どうか僕は知らない」
「何とも言って来ないのか」
「二三日休ましてもらいたいと言っていた」
「何か用があるのか」
「急ぎの用があるらしい」
「それではおちつかないだろう」
「いや、別に」
「又来ることは来るのだね」
「それは来るだろう」
「稲田君は毎日来ているか」
「杉子さんがくる時は来る」
「来ない時は来ないのか」

「来る必要がないから」

「来ない日は前からわかるのか」

「わかるらしい」

「稲田君は、君に不快な感じは与えないか」

「与えない」

「杉子さんとも仲はいいのか」

「いいらしい」

「君は杉子さんが来ないでは落ちつかないだろう」

「そうでもない。この頃はやっと、自分の世界をとり戻して来た」

「杉子さんが来なくなっても困らないか」

「以前の時程はこまらない」

「それはよかった」

「いいと許り《ばか》も言えないがね。だが杉子さんには感謝しているよ。いくらか勉強になった」彼はそう言って、僕に二つの石の画を見せた。

「これは杉子さんが来る前にかいたものだ。これは今朝かいたものだ。少しは進歩したろう」

別に大して変っているとは思わないが、そう言われて見ると、今朝かいたという方が、形がしっかりつかまえてあるように思えた。

「石も人間も、つまりは同じだね。平等の奥に差別があり、差別の奥に平等がある。又その平等の奥に差別がある。僕は今、石も人間だということを感じている。しかし石は石だと感じたいと思っている」

僕には馬鹿一の言う意味がわからなかったが、画の価値から言えば、人体をかいたものと石をかいたものと別に変りはあると思えなかった。石をかいた画も中々いい画で、ほしかった。

「随分かいたね」

「色々出して見たのだ。之は十年前にかいたものだが、やはり今のものと共通がある。十年で進歩したのも事実だが、存外進歩しないのも事実だ。やはり僕は僕だ。僕以上にはなれない。僕は僕で満足するより仕方がない。やはり僕は僕の宿命を持っている。杉子さんが出て来ても、僕の宿命はどうにもならないのだ。しかし僕の宿命に無関係とは思わないが、その点この石とそう違っているわけではない。僕はそれを悟る時が来たのだ。もう醜態は演じないですみそうだよ」

「そうかね」

「僕の道はやはり孤独の道なのだ。一人の道だった。僕はそれを僕の宿命として、甘受して、こつこつ自分の道を歩くより仕方がないのだ」

僕は何かあったのだと思わないわけにはゆかなかった。僕は其処《そこ》らにある画を勝手にひきずり出して見た。実によくかいたものである。金にも、名誉にもならない、くだらぬとは言い切れないが、普通の人が見たら白紙の方が高く売れそうな画を、よくも一生懸命にかいたものである。自分はそれ等を見ているうちに、何かぶつかるものにぶつかったような気がし、僕はつい泣きたいような気がした。

その時僕は一つの石の画を取り上げていた。その画にはこんな讃がかいてあった。

「石、石
一つの石
何のための存在
あるかないかの石
人に蹴られても怒らない石
私にかかれてもいやがらない石
淋しい石
私はお前が好きだ

お前も私が好きなのだね」

「之はいつかいたのだ」

「昨日だよ」彼はそう言った。

自分は彼の処《ところ》を辞したが、何となく気が滅入《めい》ったので、白雲の処に行こうか、真理先生の処に行こうかと考えたが、何となく疲れていたので、自分の家に帰った。すると稲田が来ていた。

六〇

稲田は僕を見ると、

「先生、困ったことが出来ました。すみません」と言った。

「何が出来たのだ」

「先生はまだ御存知ないのですか」

「知らない」

「杉子さんが、石かき先生のモデルになるのはいやだと言い出したのです」

「何かあったのか」

「石かき先生の方には、少しも悪いことはないのです。先生は実に立派な方です。僕はあんないい方を知りません。ですから僕は杉子さんに石かきさんの処にゆくことをたのんだのです。しかし杉子さんは承知してくれないのです」

「どうしてなのだ」

「杉子さんは、白雲先生の裸のモデルになることを断ったことは御存知と思いますが、白雲先生の方をお断りして、石かき先生の方をお断りしないのはおかしいと言うのです」

「それは話がちがうと思うね」

「そうです。本当にそうです。白雲先生の場合は、世間に自分の裸の画が発表されて、評判になるのを恐れたわけなのです。僕もそのことを注意したのです。でも杉子さんには、僕の理窟《りくつ》はわからないのです。石かき先生の処にゆく気がしなくなったから、先生の処に行って僕に断ってくれと言うのです」

「そんなことは駄目だ。断るなら杉子さん自身が来てあやまらなければ、僕は承知出来ない」

「勿論《もちろん》、杉子さんが自分であやまりに上るでしょう。しかし僕から相談して見てくれと言うのです」

「相談なら、僕が行けと言えば行くのですか」

「それが、行きたくないらしいのです」

「白雲先生は承知なさったのですか」

「どうしても行きたくないと言うのなら仕方がないが、とおっしゃったそうです」

「なぜ不意にそんなことになったのです。まさか君がけしかけたのではないだろうね」

「勿論、僕は意識してはそんなことをけしかけるわけはありません。でも之だけは僕は白状します。僕は杉子さんが、可憐《かれん》で可憐で仕方がなくなったのです」稲田はすすり泣きした。

「困ったことになったものだ。まさかこんな結果になるとは僕は思わなかったよ」

僕は同情するより腹が立った。自分が稲田を推せんした責任感もあったが、一種の嫉妬心《しっとしん》もかくれた所にあったのかも知れない。ともかく腹が立ったのは事実だ。

「僕だってこんなことになろうとは思いませんでした。だが杉子さんといろいろ話しているうちに、僕は杉子さんに同情してしまったのです。もっと露骨に言うと、愛してしまったのです。杉子さんの方も僕を愛してくれたのです」

「それはお目出とうと言ってもいいかも知れない。しかし義務は義務だからね。僕が石かきさんに君を推せんしたのだ。その君の為《ため》に杉子さんが行くのがいやだと言い出されては、僕の立場はどういうことになるのだ。それは石かきさんは反対出来ないだろう。無理に杉子さんを引っぱって来て、裸にするわけにはゆかないからね。しかし君は裏切り者になるよ。僕に対しても」

「よくわかりました。杉子さんによく話して見ます。そして杉子さんが自分が来て御相談するようにします」

「それで君達結婚するつもりなのか」

「今すぐ結婚する気はありませんし、又出来るわけもないのです。杉子さんの御両親の生活費は僕につくる力は今の処ありませんから、その力が出来れば結婚するかもわかりませんが、いつのことかわかりません」

「それで君はやはり画《え》をやるつもりか」

「ええ死にもの狂いで」

「それは大変だね」

「大変です。でも張合いがあります」

「君はいいかも知れないが、白雲先生は御存知なのか」

「御存知と思います」

「石かきさんは」

「御存知ないかと思いますが、二人が愛し合っていることは御存知と思います」

「恥知らず」僕は思わず言ってはならないことを言ってしまった。

「恥はよく知っています。しかしそれより他仕方がなかったのです」稲田は泣きじゃくりした。

六一

翌日午前杉子が来た。僕はいつものように機嫌よく杉子を迎えることが出来なかった。妻が杉子を案内して来た。杉子は微笑を忘れているような真面目《まじめ》な顔をしていた。僕は自分の方から口を切らないことにきめて黙っていた。沈黙が暫《しばら》くつづいた。その間は二三十秒だったかも知れない。杉子は、

「すみません」と言って手をついて丁寧にお辞儀した。

「すむも、すまないもないものです。君達は自分のこと許《ばか》り考えて、僕の立場を少しも考えてくれないのですね」

「本当にすみませんでした。稲田さんもあれからよくお考えになって、本当に先生の信用を裏切ったことがわかって、何とも先生にお詫《わ》びの申しようがないと、おっしゃっていらっしゃいました。ですが今度のことは私だけが悪かったのです。稲田さんは、

石かき先生の処にゆかないと悪いとおっしゃったのですが、私が、どうしてもゆきたくないと言ったのです」

「どうしてゆきたくなくなったのです。あんなに、喜んで行っていたのに」

「それは私にもわかりませんの、私の気ままからと思いますが」

「僕にはそうとは思えませんね、稲田君の神経が君に働きかけたのだと思いますね、君も稲田君も知らないかも知れない。気がつかないかも知れない。しかし稲田君は君の裸を他の人に見せたくなくなった。その神経が君にわかるので、君は裸になるのが、いやになったのだと僕には思えますね」

「それでも稲田さんは、私に石かきさんの処へ行かないと悪いとおっしゃって、行ってくれとおたのみになったのは本当です」

「口では何とも言えますよ。僕はその点一番稲田君に腹を立てたのです。心ではゆくなと言いながら、口先ではゆけと言って、自分の責任を逃《のが》れる。そういうやり方が僕は腹が立つのです」

「稲田さんは、そんな方ではありません。昨晩だって稲田さんはこうおっしゃいました。私は山谷さんの代りに石かきさんの所に行ったわけなのだ。つまり石かきさんの仕事の邪魔をせずに、石かき先生の仕事がよく出来るために僕は山谷さんにたのまれて、石かき先生の処へ出かけたのだ。その結果、君が我儘《わがまま》を言って、石かき先生の御仕事の邪魔をしたことになったのだ。どうしても僕の立場は言いわけが立たない。だから君が行って、よく山谷先生にあやまって、君は山谷先生の御命令に背《そむ》いてはいけない。もし背くなら僕はもう君とは絶交する、そうおっしゃいました。それで私今日、気が進まなかったのですが、お伺いしたわけなのです。稲田さんは先生の思っていらっしゃるような方ではありません」杉子は泣きじゃくりした。

「よくわかりました。それなら僕は之《これ》から石かきさんの処へあやまりに行って来ますからね。石かきさんが何と言うか僕にはわかりませんが、石かきさんが、是非もう一度かきたいと言ったら、この夏だけは、モデルになってくれますね」

「はい」杉子は泣きながらはっきりそう返辞した。

「それなら僕は行って来ます。暫く待っていて下さい」僕はそう言って、すぐ僕の家を出た。

馬鹿一は家にいた。杉子のくるのを心待ちしていたことは僕には感じられた。来たのが杉子でなく、僕なのでがっかりしたらしい。それで僕は来た理由を正直に言った。正直すぎたかも知れないが、昨日稲田が来たこと、そして今朝杉子が来たこと、そして杉子が僕の家で馬鹿一の命令を待っていることを話した。馬鹿一は黙って聞いてい

たが、

「君の気持はわからなくはないが、僕はもう杉子さんに来てもらいたいとは思わない」

「本当かい。遠慮はいらないと思うね」

「遠慮じゃない。君が余計な心配をしてくれたことを、僕は怒りはしないが、僕の気持を誤解してくれたことは、残念に思うよ。僕は今度のことはよかったと思って喜んでいたのだ。決して僕は無理に杉子さんに来てもらいたいとも思わないし、裸になってもらおうとも思わない。僕は前の時は杉子さんに大変すまないことをしたと思ったから、僕は大さわぎしたのだ。僕は杉子さんにどんなに感謝していたか、それを杉子さんが知ってくれないことが僕は実に残念に思ったのだ。だが今度はまるで事情がちがうのだ、杉子さんは喜んでくれてるのだ。僕も今度は杉子さんに最上の御礼が出来たと思って喜んでいるのだ。僕は杉子さんから受けた恩に今度こそ、僕の力ではないが、十分御礼が出来たので安心したのだ。だから淋《さび》しくないとは言わないが、今度は僕は満足して、杉子さんの幸福をのぞんでいるのだ。之で僕は杉子さんの恩に報いることが出来たと喜んでいるのだ。杉子さんも僕の処に来てよかったと思ってくれたろう。稲田君は実際いい人間だし、有望な人間だ。必ず今に画家としてものになる人だ。

僕はそれで安心して、心の底で喜んでいたのだ。決して恨んではいないのだ。君の親切を僕は疑わないが、君のしたことは、僕の精神とは正反対なのだ。君からよくそう言って、安心して僕の処に来なくっていいことを話してほしい。気が向いたらいつでも二人で遊びに来てほしいが、わざわざ来てもらう必要はないのだ。二人の幸福を望んでいることをよく話してもらいたい」

こう馬鹿一はしみじみと話すのだ。僕は自分のしたことを赤面しないわけにはゆかなかった。実に僕は余計なことをしたものだと思った。そして馬鹿一に今更に感心した。どっちが馬鹿なのか、言う迄《まで》もないことだ。僕は大いそぎで自分の家に帰った。杉子は謹《つつし》んで罪人のような気持で待っていた。僕はすっかり機嫌がなおっていた。僕の杉子に対する考えもすっかり変っていた。

「杉子さん、よろこんで下さい。石かきさんは、君達二人の幸福を望むとおっしゃって、来ないでいいとおっしゃいました」僕は始めて馬鹿一に対して丁寧な言葉をつかう自分に気がついた。杉子はぽかんとした顔をして僕の顔を見ていた。

「石かきさんはあなたが幸福なことを知って喜んでいらっしゃるのです。それであなたに対する御恩返しが出来たと言って喜んでいらっしゃるのです」

僕はそう言っているうちに涙が出て来て困った。杉子もしくしく泣き出した。

「あんないい奴《やつ》はない、僕が君達に怒ったのが実に恥かしくって穴に入りたい気がしました。あなたは早く帰って稲田さんを喜ばして上げて下さい。その代り、あなた達は一生幸福にしないといけませんよ。石かきさんの罰が当りますよ」

「はい、はい」杉子は頭をさげた。杉子が帰ったあとも、僕は何となく心が清まるのを覚えた。

六二

それから何日かたった。暑かった夏も過ぎた。愛子さん達の結婚の日も近づいた。僕はその日の仲人《なこうど》をすることを考えると、やはり断ればよかったと思うのだった。一方光栄に思うのも事実だったが。或《あ》る日自分は不意に馬鹿一の処《ところ》に行く気になった。それで出かけて見た。

馬鹿一の処には珍らしく若い女の人の靴がちゃんと並んでぬいであった。杉子が来ているのかと思ったが、杉子にしては靴が少し上等で、ハイヒールなのも少し変だと思った。僕は例によって声をかけて同時に上ろうとしたら中から若い女の人が出て来た。僕はそれを見て驚いた。あり得べからざることが行われているのだ。つまりその若い女は愛子さんだったのだ。

「山谷さんでしたの」

「どうしてこんな処に来たのです」

「風の吹き廻し」そう愛子さんは笑いながら言った。

僕は馬鹿一は例によって苦虫をつぶしたような、泣きそうな顔をして一人で石をかいていると許り思って来たのだ。ところが馬鹿一は上機嫌で愛子さんの肖像をかいているのである。僕に断らずに、けしからん奴だ、と僕は一寸《ちよつと》思った。

「よく来たね。暫く来ないので病気かと思っていたよ」

「病気じゃなかったが、ここに来たら、頭が変になったのじゃないかと思って心配しているのだ」

「どうして」愛子さんが心配そうに聞いた。

「あなたにここで逢《あ》うとは思わないので、何だか天地がひっくり返ったような気がしますよ」

「大げさね」

「僕だって、あなたがいきなり来た時は驚きましたよ。あなたが気が違ったのじゃないかとね」

「まあ、ひどい」

「どうして来たのです」

「来たくなったからなの、石かき先生を私尊敬してしまったの。それで今まで石かき先生の偉さを知らなかった自分の馬鹿《ばか》さがわかったので、お詫びがてらに、画をかいて戴《いただ》きに上ったのです」

「驚きましたね」

「そんなに、驚かなくったっていいでしょ」

「もう驚きませんが、あなたが出て来たのには驚きましたよ。戸迷《とまど》いして他の人の家に入ったのかと思いましたよ」

「大げさね」

「でも、嬉《うれ》しく思いますよ。よく来て下さいました」

「石かき先生も、喜んで下さって、私も本当に来てよかったと思っていますの」

僕はその時、馬鹿一の前に、愛子の肖像が出来上っているのに気がついて、驚いた。

「もう出来たのか」

「三日かかって、やっと一つどうにかこぎつけた」

「見せてくれないか」

「一寸今、動かしたくないのだ。ここでも見えるだろう」

「見える」そう言って僕は馬鹿一の後ろに行き、立ちながら、のぞきこむように見た。

「よく出来たね。よく似ている」実に馬鹿一はうまくなったものと思う。細い線でかいた輪郭が中々美しい。

「そうかね。自分でもよく出来たような気もするのだが、まぐれ当りの気もするのだ。何しろモデルがいいから」

「中々お世辞が御上手ね」

「馬鹿正直なのですよ」と、馬鹿一、中々うまいことを言った。

「時に山谷さん、今度日曜日には、真理先生のお話があるのですよ。白雲先生も、泰山先生もおいでになるそうですよ。石かき先生も是非ゆきたいとおっしゃっているのです。あなたもいらっしゃいませんか」

「是非行きましょう」

「先生も一生一代の話をしたいとおっしゃっていらっしゃるのです」

「それではなお聞かなければなりませんね」

「うまく話せそうもないとおっしゃっているのです。でも色々の方がいらっしゃるので、先生、いつもよりなお真剣な気持でいらっしゃるらしいのです」

「そう伺っただけでも、聞かないわけにはゆきませんね」

「是非おいで下さい。それでは画《え》をお始めになりますか」

「もう之以上、どうにもならないと思いますが、ともかくもう一度坐《すわ》って戴きますか」

「はい」愛子は黙って坐った。精神を緊張させたせいか、愛子の美しさは一層まさって見えた。馬鹿一は一心に愛子さんを見、自分の画を見た。着物の方をごく少しいじった。そして、

「やはりこの画は之でやめておきましょう」と、言った。

愛子は姿を崩した。そして元の席に戻った。馬鹿一は署名した。そして愛子に、

「それでは、お気には入らないでしょうが、之を差し上げましょう。ですが今日はさしあげられません。一週間か十日位、自分で見たあとで差し上げます」そう澄《すま》して言った。

「それなら十日程たちましたら、戴きに上りますが、その時いやだとおっしゃっては困りますよ」

「大丈夫です。それまでにはこの絵は未練がなくなります。あとにどんどん傑作が出来ますからね」馬鹿一は冗談なのか本音なのかわからない顔をして言った。

その時だった。誰か若い女の人が訪ねて来た。杉子の声だと僕が気がついた時、愛

子は立って迎えた。そして二人の陽気な話声が聞えて来た。まもなく杉子は三本の立派な黄菊を持って入って来た。そして馬鹿一に丁寧に御辞儀をし、僕にも丁寧にあいさつしてから言った。

「この花、私の父の自慢の花でございます。先生に上げてくれと言うので持って参りました」

「どうもありがとう。本当に立派な菊ですね。あなたのお父さんがおつくりになったのですか」

「そうです。父は菊つくりが好きで、毎年つくっておりますのです。その内から私が選んで切って貰《もら》って、持って参りましたのです。先生にかいていただければ、父もどんなに喜びますか」

「是非かかしてもらいます」

杉子はいつも雑草が挿《さ》されている図体《ずうたい》だけ大きい、安物の花瓶《かびん》にそれをさした。その為《ため》に室が明るくなった気がした。しかしそれと同時に、僕はその花をさした杉子がいつもより一層美しく見えたのに驚いた。注意して見ると、杉子は薄化粧しているのだった。

「白雲先生の画は出来たのですか」

「はい、御出来になりました」

「いい画が出来たでしょう」

「先生、大へんよろこんでいらっしゃいました」

「本当にいい画が出来まして、父も大変喜んでおりました」愛子はそう言った。

その時、馬鹿一は怒鳴るように言った。

「杉子さん、あなたは白雲のモデルになっていたのですか」

杉子と愛子は驚いて黙った。僕も驚いた。同時に白雲子と杉子の関係に就《つい》て今まで黙っていたことに気がついた。今まで秘密にしていたことが、ついばれてしまったのだ。

「君は何にも知らなかったのだね。杉子さんを君の処によこしたのは白雲先生だったのだよ。白雲先生に、僕が君の画を見せて、君の話をしたら、君の画に感心した白雲先生が、君の処に杉子さんをよこしたのだよ。白雲先生は君の画をほめて、自分のアトリエに君の画をかけて、自分の画の参考にしているのだよ」

「そうだったのか」

「それで杉子さんの今度の画は始め白雲先生は裸をかくつもりだったが、杉子さんに反対されて、着衣のままでかくことにしたのだ。白雲先生の為《ため》にも、杉子さんは裸にはなりたくないと言ったのだそうだよ」

「そうか」馬鹿一は何か考えていたが、

「それなら僕も正直に言おう。僕は今の日本で白雲だけを認めていたのだ。そして自分は白雲のようにうまく画はかけないが、何かの意味で白雲に負けない画をかきたいと思っていた。白雲は本当に僕の画を認めているのかね。笑っているのじゃないのだね」

「嘘《うそ》はつかないよ。本当に白雲先生は、君の画を尊敬しているのだ。このことは愛子さんも、杉子さんも、よく御存知ですね」

「ええ、それは本当でございます」二人は異口同音にそう言った。

「白雲先生にどうぞよく御礼をおっしゃって下さい。何にも知らなかったので。君はなぜ知らしてくれなかったのだ」

「白雲先生が絶対内証にしてくれと言うのでね」

「そうだったのか。それでよくわかった。僕は真理先生があまりとぼけすぎていると思って、少し変に思っていたのだ。愛子さんも白雲がよこしたのですか」

「いいえ、私は一人で上ったのです。杉子さんから先生の話を伺ったら、急に先生にかいて戴きたくなったのです。勿論《もちろん》、白雲先生にも、真理先生にも御相談して御同意は得ましたけれども、御二人にすすめられて来たのではございません。私が来たくて来たのです。先生が本当に尊敬すべき方だということが、やっとわかったので、参りましたの。もっと正直に言いますとね。私の代りに杉子さんがいらっしたので、今度は杉子さんの代りに私が参りましたのよ。どうもすみませんでした」

「ありがとう。僕は本当に嬉しく思いました。杉子さんも今日来て下さって、その上こんな立派なお父さんのおつくりになった菊を持って来て下さって、本当にありがたく思いました。お帰りになったら、どうぞお父さまに本当に御礼を言って下さい。それから白雲先生にもお逢いになったらね、今度の画を是非拝見したいと思っていることもね」

馬鹿一はそうしみじみ言ったあとで筆をとって紙切れに、さらさらと文字をかいた。

「今日、この室の美しさ」

そして僕達に見せた。

六三

それからまもなく僕は二人の美人のお伴して馬鹿一の処《ところ》を辞した。ところが僕は往来で二人の男が待っていることに気がつかなかった。四人で何処《どこ》かへゆく処だったのだ。それに気がつかなかった僕はあまり利口とは言えない。しかし二人の若者も、僕を見ると、嬉しそうに挨拶《あいさつ》した。幸福な四人、それに心から感謝される僕も、不運な人間ではない。四人にとっては僕はいつのまにか恩人になっていたのである。僕はある四つ角で四人にわかれた。四人は僕が見えなくなるまで僕を見送ってくれた。僕は急に自分が偉くなったような気がして元気に我が家に帰るのだった。

いよいよ次ぎの日曜日が来た。僕は時間より少し前に真理先生の処に出かけた。真理先生の処には既に色々の人が集まっていた。人数は六七十人で多いとは言えなかった。だが広くない室《へや》には、それでも一杯の人だった。白雲先生、泰山先生と、石かき先生は既に来ていて真理先生と話をしていた。白雲先生の息子さんも来ていた。稲田も来ていた。愛子杉子は勿論来ていた。その他若い男女が四五十人来ていた。その間にぽつぽつと四五十歳の男女がまじって居た。時は来たのである。真理先生は演壇に立った。演題は「真理の力」というのだった。

「今日は私の尊敬している白雲先生、泰山先生の御兄弟と、石かき先生も来て下さって私の話を聞いて下さることを光栄と思っています。今の日本にも何十人かの優《すぐ》れた人々がいて、その方、その方で真剣に働いていられることに、私は敬意を示したいと思います。又何百人か、何千人か、何万人か知りませんが日本の各地にいて真面目《まじめ》に働いている人々に敬意を示したいと思っています。私はそれ等の人の誠意をじかに感じているものです。又外国にはどの位優れた人がいて、人類の運命の狂いを防止し、正しい運命に持ち来たそうと努力しているか、私は知りませんが、必ずそういう人が私達の想像以上に、かくれた所にいて、努力していて下さることだと思い、その人達に敬意を示し感謝したいと思います。我等はその反対の人々も沢山いることを知っていますが、しかし私は人類の未来を信じて疑わないのは、真理の力を信じて、疑わないからであります。この力は強いようで弱く、弱いようで強いのであります。私達は肉体を持っています。この肉体というものは暴力に対しては実に力の弱いもので、私達は一狂漢があらわれれば、いつでも犬死にをするものであり、拷問《ごうもん》に対しても、実にどうしようもないものであります。私達の肉体、脳も肉体にすぎないもので、私達はいつでも、気違いにも、白痴にもしようと思えば、されるのであります。ですからこの世を支配するものは暴力であって、正義ではないということは言い得るのであります。私は真理を崇拝するものでありますが、肉体を持っておりますから、拷問でもされましたら、私はどんなことを言い出すか、自分でも今の処見当がつかないのでありります。ですから拷問の話を聞くと、私は恐怖を感じ、同時に非常な憤《いきどお》りを感じるのであります。人間の弱点を悪く利用する。実に憎みてもあまりある、神人共に許せないと言える利用法だと思うのです。しかしそういう目に逢《あ》わない限り、そして自分の精神が健全である限り、人間は真理を愛しないではいられないものと思うのです。

真理は私達がいかに生くべきかを知らせるものです。真理は我等の肉体を生かす為には直接に役に立つものではありません。我等は真理と没交渉で生きてゆけるのです。この世に生きるにも別に真理は必要ではないのです。ですから多くの人はただ生きることや、この世を楽しく生きたいと考えている人には真理は不必要であります。酒や女の世界も真理とは関係のないものです。少なくとも真理を認めないでも我等はこの世の成功者として、多くの人から羨《うら》やましがられる生活は出来ます。この世の勢力家にもなれるし、金持にもなれます。どんな贅沢《ぜいたく》な生活も出来ます。それでそれ等で満足出来るものにとって真理は不要のものです。なくって少しもさしつかえない、ない方がむしろうるさくなくっていいと思われる存在でしょう。しかしながら真理は不必要だとは、少なくもここにお集まりの人は、御考えにならないと思います。

酔生夢死で満足出来る人、死が最後であることに少しも不安を感じない人、そういう人には真理は必要がないのです。つまり人間の肉体に奉仕している人、それ以外のものを要求しない人、そういう人には真理は力のないものだと思います。しかしそれで満足出来ない人、言いかえると心を持っている人、心霊界に足をふみ入れた人、そういう人にとっては、真理は暗夜の燈《ともしび》のような役を果すことになるのです。真理なくしては、生きることがあまりにより所がなくなるのです。真理だけがたよりになる。そういう経験を持っているものにとって、真理の力は無限なものになるのです。そして私は真理だけに、すがりついて今日まで来ましたし、今日またそれで平然と生きているわけです。私が今日飯が食えてるのは、真理のおかげだと言っても、言いすぎとは思いません。今日集まって下さったのも、私が真理を愛するように、皆さんが真理を愛していらっしゃるからと思うのです。

私達の精神は真理だけに従順なのであります。人間が理性のある動物だというのは、人間が真理を愛するものだという事実を認めたからそういわれるので、真理を愛しない理性なぞはあるわけはありません。真理は暴力を要せず、金力も要せず、ただ人間の理性にのみ静かに働きかけるもので其処《そこ》が実に真理の貴い処と思われます。

他人を支配するのに暴力は近道かも知れません。しかし暴力のある所、真理は姿を消します。真理は理性が尤《もつと》もと思う時に始めて力を発揮するもので、理性は又静かな所で働くもので、言うことをきかないが、之《これ》を善と思え、之を悪と思えと命令される所では働く余地はないわけです。真理は理性が完《まつた》き姿で生きることを得させる力を持っているのが特色で、理性が完全に働くことが出来ない所に真理は姿をあらわすことはないのです。

私達が真理にふれて歓喜するのは、理性が完き姿を持って生きることが出来るからであります。ですから真理にふれる時、私達は自分が人間であることに歓喜するのであります。

『神は愛なり』之は真理であります。すべての人の生命を完き姿で愛する、それが出来た時私達は神と一緒になったのであります。一つの生命も我等はまちがったままでは愛することは出来ません。他人の生命が完き姿で生きることを拒むものを、私達は愛することが出来ないからです。しかしその人が心がけをなおして、すなおな心になり、すべての人の心が完き姿で生きることを望むようになれば、我等は涙ぐみながらその人を愛するのであります。

つまり私達は、すべての人間が完成されることを望み、その方に向って前進することを真理に要求されているのです。この真理を目ざして、私達は自分相応の力で前進することを心がけることが出来れば、その人は真理を愛する人だと言うことが出来るのです。

私達は決して強い人間ではありません。又万能でもありません。私達は不可能なことをしなければ救われない人間ではないのです。私達に真理はあまりに大きなことは望んでいないのです。その代り、我等はいつも少しずつでも前進することが必要なのです。そして自分の努力の足りないことをいつも反省して、他人を責める前に先ず自分を反省し、自分の努力の少ないことを知り、一層努力する決心が必要になるのです。

私達はあくせくする必要はありません。いじけるのはなおよくありません。快楽も必ずしも否定しないでいいと思います。しかし人間は自然からあまりに用心深く、多量の自己を生かしたり、子孫をふやしたりする欲望を与えられすぎていますから、それをある程度にたづなをひかえて、そして理性をなるべく明らかに生かすようにすることは大事です。

私は肉体を悪魔から与えられたものとは思いません。人間の肉体は人間の精神と実によく調和してつくられた、神の姿としても恥かしくない存在と思いますが、この肉体を輝くものにする為には、やはり真理が必要で、精神が美しく生きない肉体は、贅《ぜい》肉《にく》のかたまりのように私には思われるのです。真理なくして、何処に人生があるかと私は言いたいのです。真理の力は弱く見えるかも知れませんが、之がなかったら我等の生活は背骨を失ったようになります。真直《まつすぐ》に立ち上ることも出来ませんし、真直に歩くわけにもゆきませんし、風の吹き廻しに毅《き》然《ぜん》として立ち向って、自分の行く手をあやまたずに進んでゆくことは出来ないと思います。

真理の道は万人の道であり、一人の道です。人間は皆同一の道を歩く必要はありません。人類はあらゆる方面から、真理を目ざして進むべきです。真理の道は一人の犠牲者も出さない道です。どんな小さい生命も、正しい姿で生かせるだけ生かそうとする道です。暴力や金力の必要なしに人々が心の底から満足して進んでやまない道です。

この世にはまだ真理とは没交渉の人が多いかも知れません。しかし真理を愛してしまった私達は彼等をうらやむ必要は少しもないのです。むしろ彼等、滅びの道を歩くものに、同情しないわけにはゆかないのです。

この世にはまだ暴力が口をきいています。しかし真理を愛するものが、日ましにふえつつあることは事実で、一度真理に目ざめたものは、もう真理の力を忘れることは出来ません。そして真理の道を歩く安らかさを知ったものは、この道が本当の道だということを疑うわけにはゆかないのです。

自己も生き、他人も生き、全体も生きる、それが真理の道であります。自己が本当に生きない道は又他人も本当に生きない道です。他人を歪《いびつ》にする道は、真理の道では断じてありません。ただ他人の不正と欲望におもねるのは真理の道ではないのです。皆が完き姿で生きられる世界、それが真理の世界です。まちがいのない世界です。

真理の力、それが内と外から我等人類を導いているのです。その力を感じていない人の方がまだ人数は多いようですが、人間は結局真理に導かれて、始めて生き甲斐《がい》を得る動物です。ですから私は真理の力は最後に人類を導いて、我等の望む世界、それは愛と美と、真理の世界、すべての人が生きる世界へ我等を到達させてくれると思うのです。

真理の力、我等の内心の力、それが合致して、其処に美しい花がさき、実を結ぶ世界、私はいかなる時も、その世界の出現を信じているものであります。

今時にそれを信じて疑わない私は、馬鹿者《ばかもの》かも知れませんが幸福な馬鹿者です。だがそれを信じるものを私は馬鹿者とは思わないのであります」

真理先生は、其処で話を終えて丁寧にお辞儀した。拍手はなりひびいた。最後まで手をならしていたのは、我が石かき先生であった。

解　説

亀井勝一郎

今日の小説には暗い世相を描いたものが実に多い。人生を否定的にみた作品が多い。人生の時代の実相をみればそのとおりかもしれないが、それだけに逆に人生の美しさ、人間の善意を大胆に表明したものがあらわれていい筈《はず》である。『真理先生』はそういう作品の典型であり、むろん武者小路文学の辿《たど》ってきた道の一極点としてあらわれたものである。

「私は人生を肯定出来ている者ではありません。しかし人生を肯定したいと思って今日まで歩いて来たもので、私の一生はこの一つの目的に集中されて来たと言っていいのであります」

この作品の第三十九節に、こうした言葉で始まる真理先生の話が出てくるが、この気持は作品全体を貫く基調と言っていいだろう。作者は時代と人生の暗さに無頓着《むとんちゃく》なのではない。眼をそらしているのではない。逆に幾たびも否定的な思いを味わったあげく、いわばその暗さを土壌とし、それに育てられつつ突きぬけて、人生の大肯定に達しようとした、そういう達人の眼を私はこの作品の根底に感じるのである。ここに武者小路先生の長いあいだ自己に課した修練があると言ってよかろう。そういう肯定に辿《たど》りつく道を私は全作品にみてきたし、それを可能ならしめたのは、青年時代からの念願ともいうべき「自然の意志」への忠実であると思う。

武者小路先生は独創的な東洋風の思想詩人である。その思想は言ってみれば簡素平明なものだ。自然の意志を自己の意志として生きるということにつきる。自然の意志とは、与えられた個々人の生命を素直にのばし、また同じ心で他人の生命を尊重し、そこに大調和をもたらす博大な愛と言ってもよかろう。「自然の意志」という言葉を「無心」という表現に変えてもよい。言葉としては平明簡単だが、これを現代に生かすことはいかに至難であるか。人工が極度に発達し、また険しい社会状勢をくぐりながら、この真理を一貫して生かそうとしたところに武者小路文学は成立している。

『真理先生』に登場する人物はすべて善人である。そして変り者の画家や書家たちである。変り者というのは世間からみればそうなのであって、実はここに現代の一番健康な人間がいるのではないかと、作者は問うている。その生活は隠者の生活と言ってもよい。真理先生、馬鹿《ばか》一、白雲、泰山、これらの人物の動きをみていると、ちょうど鉄斎の絵などにみられる、洞窟《どうくつ》や山林に遊行《ゆぎょう》する羅漢《らかん》とか仙人を思い出すのである。浮世離れしているが、彼らはみな夫々《それぞれ》に自分の生命をのばすことを心がけ、他の仕事を尊敬し、それが結局人間愛にむすびついていることが自然にわかる。隠者という言葉は中世的だが、実はこういう生活形態で自由精神を保持し、現代に抵抗していると言っていいわけで、現実離れのかたちで、実は現実に抗議している。それは人生の暗さを味わいつつ、逆につきぬけて肯定に達し、その肯定面を大きく照明する態度と同一なのである。

善人とはお人好《よ》しの意味ではない。自分の理想や信念に、あくまで忠実な努力家のことである。努力家という平凡な言葉に、異様な魅力を与えている点に留意されたい。たとえば石をかく馬鹿一の姿などそうである。けたはずれの努力家で、その大情熱の故にやや滑稽《こっけい》味を帯び、世間にはとうてい容《い》れられそうもないその生き方は、現実離れしているだけに一層魅力がふかい。人間のこういうタイプは、現代作家では武者小路先生以外は誰もかけない。誰の心の裡《うち》にもひそんでいるが、こういう風に野放図に表現された例は稀《まれ》であろう。日本的ドンキホーテである。

この作品も文章は明るく平易で、深刻めいたところは一つもない。しかし注意してみると、その単純そうな言葉が、くりかえされるたびに微妙に細やかに震動し、読者の心にしみこんでくるように出来ている。墨絵の微妙な一触にこもる複雑な線の動きを思い出すが、これが『真理先生』における作者の円熟と言ってよかろう。単純平明にみえるが、こうした点に気をつけて読むと、ねちねちとしつこく、強靱《きょうじん》な腰骨で描かれていることが了解される。そして感覚は実に繊細である。単純化のうちに宿る繊細さを私はいつも感動して味わうのだが、こういう味わいは東洋独自のものではなかろうかと思う。

全編殆《ほとん》ど「対話」をもととしていることは、他の作品と同様である。武者小路文学の一つの特徴はこの「対話」の妙味であり、「対話」を描く名手であることに注目されたい。これは武者小路先生の思想家としての発想方法に基づくわけで、対話のかたちで思想を生み、同時に人間の動きをそれに伴わせ、小説として必要なだけの筋の面白さを組み立ててゆく。対話のかたちをとらなければ、文章はすすまない。これは一つの特徴で、全作品は巨大な対話編であると言ってよい。思想詩人に必至のかたちであり、或《あ》る意味で文学の原始形態とも言える。釈迦《しゃか》、孔子、ソクラテス、耶蘇《ヤソ》等の文献の多くが、対話によってかかれているが、それは思想を生み出し、それにかたちを与える最も始原的な方法である。文学、哲学、宗教などの未分状態、いわば根源的なものにちがいない。武者小路文学は、そういう根源性において成立しているということを私は強調したいのである。

私はさきに「無心」という言葉を用いたが、「無心」こそこの作品を貫くものであって、人工的な分別癖をどれほど作者がきらっているか一読して明らかであろう。限定してはならない。人間を限定することによって裁断してはならない。無限定無分別のうちに、却《かえ》って人間を厳密にみる眼は養われるであろう。いわば東洋的厳密性ともいうべきものの典型を私はこの作品にみるのである。

（昭和二十七年六月、評論家）

有島武郎著

小さき者へ・生れ出づる悩み

病死した最愛の妻が残した小さき子らに、歴史の未来をたくそうとする慈愛に満ちた「小さき者へ」に「生れ出づる悩み」を併録する。

有島武郎著

或る女

近代的自我の芽生えた明治時代に、封建的な社会に反逆し、自由奔放に生きようとして敗れる一人の女性を描くリアリズム文学の秀作。

永井荷風著

ふらんす物語

二十世紀初頭のフランスに渡った、若き荷風の西洋体験を綴った小品集。独特な視野から西洋文化の伝統と風土の調和を看破している。

永井荷風著

濹東綺譚

小説の構想を練るため玉の井へ通う大江匡と、なじみの娼婦お雪。二人の交情と別離を描いて滅びゆく東京の風俗に愛着を寄せた名作。

井伏鱒二著

黒い雨

野間文芸賞受賞

一瞬の閃光に街は焼けくずれ、放射能の雨の中を人々はさまよい歩く……罪なき広島市民が負った原爆の悲劇の実相を精緻に描く名作。

中島敦著

李陵・山月記

幼時よりの漢学の素養と西欧文学への傾倒が結実した芸術性の高い作品群。中国古典に取材した4編は、夭折した著者の代表作である。

芥川龍之介著

羅生門・鼻

王朝の説話物語にあらわれる人間の心理に、近代的解釈を試みることによって己れのテーマを生かそうとした〝王朝もの〟第一集。

芥川龍之介著

地獄変・偸盗《ちゅうとう》

地獄変の屏風を描くため一人娘を火にかけて芸術の犠牲にし、自らは縊死する異常な天才絵師の物語「地獄変」など〝王朝もの〟第二集。

芥川龍之介著

蜘蛛《くも》の糸・杜子春

地獄におちた男がやっとつかんだ一条の救いの糸をエゴイズムのために失ってしまう「蜘蛛の糸」、平凡な幸福を讃えた「杜子春」等10編。

芥川龍之介著

奉教人の死

殉教者の心情や、東西の異質な文化の接触と融和に関心を抱いた著者が、近代日本文学に新しい分野を開拓した〝切支丹もの〟の作品集。

芥川龍之介著

戯作三昧・一塊《いっかい》の土

江戸末期に、市井にあって芸術至上主義を貫いた滝沢馬琴に、自己の思想や問題を託した「戯作三昧」、他に「枯野抄」等全13編を収録。

芥川龍之介著

侏儒《しゅじゅ》の言葉《ことば》・西方《さいほう》の人

著者の厭世的な精神と懐疑の表情を鮮やかに伝える「侏儒の言葉」、芥川文学の生涯の総決算ともいえる「西方の人」「続西方の人」の3編。

谷崎潤一郎著

痴人の愛

主人公が見出し育てた美少女ナオミは、成熟するにつれて妖艶さを増し、ついに彼はその愛欲の虜となって、生活も荒廃していく……。

谷崎潤一郎著

刺《し》青《せい》・秘密

肌を刺されてもだえる人の姿に、いいしれぬ愉悦を感じる刺青師清吉が、宿願であった光輝く美女の背に蜘蛛を彫りおえたとき……。

谷崎潤一郎著

春琴抄

盲目の三味線師匠春琴に仕える佐助は、春琴と同じ暗闇の世界に入り同じ芸の道にいそしむことを願って、針で自分の両眼を突く……。

谷崎潤一郎著

猫と庄造と二人のおんな

一匹の猫を溺愛する一人の男と、二人の若い女がくりひろげる痴態を通して、猫のために破滅していく人間の姿を諷刺をこめて描く。

谷崎潤一郎著

吉野《よしの》葛《くず》・盲目物語

大和の吉野を旅する男の言葉に、失われた古きものへの愛惜と、永遠の女性たる母への思慕を謳う「吉野葛」など、中期の代表作2編。

谷崎潤一郎著

蓼《たで》喰《く》う虫

性的不調和が原因で、互いの了解のもとに妻は新しい恋人と交際し、夫は売笑婦のもとに通う一組の夫婦の、奇妙な諦観を描き出す。

新潮文庫最新刊

芦沢央著
神の悪手
棋士を目指し奨励会で足掻く啓一を、翌日の対局相手・村尾が訪ねてくる。彼の目的は一体。切ないどんでん返しを放つミステリ五編。

望月諒子著
フェルメールの憂鬱
フェルメールの絵をめぐり、天才詐欺師らによる空前絶後の騙し合いが始まった！　華麗なる罠を仕掛けて最後に絵を手にしたのは!?

午鳥志季・朝比奈秋
春日武彦・中山祐次郎
佐竹アキノリ・久坂部羊著
遠野九重・南杏子
藤ノ木優
夜明けのカルテ
―医師作家アンソロジー―
その眼で患者と病を見てきた者にしか描けないことがある。９名の医師作家が臨場感あふれる筆致で描く医学エンターテインメント集。

霜月透子著
祈願成就
創作大賞（ｎｏｔｅ主催）受賞
幼なじみの凄惨な事故死。それを境に仲間たちに原因不明の災厄が次々襲い掛かる――日常を暗転させる絶望に満ちたオカルトホラー。

大神晃著
天狗屋敷の殺人
遺産争い、棺から消えた遺体、天狗の毒矢。山奥の屋敷で巻き起こる謎に満ちた怪事件。物議を呼んだ新潮ミステリー大賞最終候補作。

カフカ
頭木弘樹編訳
カフカ断片集
―海辺の貝殻のようにうつろで、ひと足でふみつぶされそうだ―
断片こそカフカ！　ノートやメモに記した短く、未完成な、小説のかけら。そこに詰まった絶望的でユーモラスなカフカの言葉たち。

真《しん》理《り》先《せん》生《せい》

新潮文庫　む-1-4

昭和二十七年六月三十日　発　行
平成十六年七月二十日　八十五刷改版
令和　六　年六月十五日　九十二刷

著　者　武《む》者《しやの》小《こう》路《じ》実《さね》篤《あつ》
発行者　佐藤隆信
発行所　株式会社　新潮社
郵便番号　一六二―八七一一
東京都新宿区矢来町七一
電話　編集部(〇三)三二六六―五四四〇
　　　読者係(〇三)三二六六―五一一一
https://www.shinchosha.co.jp
価格はカバーに表示してあります。
乱丁・落丁本は、ご面倒ですが小社読者係宛ご送付ください。送料小社負担にてお取替えいたします。

印刷・東洋印刷株式会社　製本・加藤製本株式会社

ISBN978-4-10-105704-0　C0193